CARPE DIEM

CARPE DIEM

AS ANOTAÇÕES ESSENCIAIS DE

RUBEM ALVES

PAPIRUS

Carpe diem

Diz um poema sagrado antiquíssimo, à guisa de oração: "Ensina-nos a contar os nossos dias de tal maneira que alcancemos corações sábios".

A sabedoria do tempo se resume em duas frases.

A primeira delas está dita na curta expressão latina: *tempus fugit*, o tempo foge, tudo é efêmero.

A segunda, também curta, aconselha: *carpe diem*, colha o dia. Colha o dia como se fosse um fruto maduro. Maduro e delicioso hoje, o tempo fará com que esteja podre amanhã.

Hoje, hoje apenas, é o tempo quando a vida acontece.

O passado é o lugar da vida que não mais é: lugar da morte. O futuro é o lugar da vida que ainda não aconteceu – sem que tenhamos nenhuma garantia de que ele virá a acontecer.

Sobra-nos apenas o momento. A sabedoria, então, nos aconselha: *carpe diem* – vivamos intensamente o momento presente porque ele é tudo o que temos. Não é possível sentir o perfume das flores que já morreram. Não é possível sentir o perfume das flores que ainda não nasceram. Só é possível sentir o perfume das flores que estão abertas hoje. A vida é como um perfume. Assim, *carpe diem*...

RUBEM ALVES

O QUE PENSO

Eu escrevo antropofagicamente. Antropofagia é um ritual pelo qual os vivos devoram os mortos. Eles não os devoram por razões gastronômicas. Rituais antropofágicos não são churrascos. Eles os devoram por razões de amor.

Há duas coisas que se podem fazer com os corpos dos mortos. A primeira delas é enterrá-los, para serem devorados pelos vermes e para que continuem mortos. A segunda é devorá-los para que, mortos, continuem a viver em nossos corpos.

Há autores que li sem que os tivesse amado. Não os devorei. Suas ideias ficaram guardadas na minha cabeça. Outros, que amei, eu os devorei. Passaram a fazer parte do meu corpo.

Aquilo que se come não continua o mesmo, depois de comido. É assimilado – fica semelhante a mim. Batatas, cenouras e carnes, uma vez comidas, deixam de ser

JANEIRO

batatas, cenouras e carnes. Passam a ser parte de mim mesmo, minha carne, meu sangue. Assim acontece com os autores que devorei e cito. Só os cito porque se tornaram parte da minha carne e do meu sangue. Eu os conheço "de cor" – isto é, como parte do meu coração. Deixaram de ser eles. São eu.

As coisas que você vai ler, não desejo que você simplesmente as entenda. Sentimento fica na cabeça. Desejo que passem a fazer parte do seu corpo. Assim, desejo é que meus textos sejam comidos antropofagicamente. Aqui só coloquei pedaços de mim mesmo. Quero que você sinta o meu "gosto". Quero ser devorado. *Hoc est corpus meum*: isto é o meu corpo.

RUBEM ALVES

Tudo o que vive é expressão de uma harmonia universal, revelação da divindade, gotas de água de um mesmo mar. As coisas vivas não existem só para nós. Elas vivem também para si mesmas e para Deus. E também elas amam a doçura da vida tanto quanto nós. São minhas irmãs. Meu corpo é parte do seu corpo. Desejo que elas me amem da mesma forma como eu as amo.

Meus sonhos? Sonho em ter tempo para curtir as montanhas e cachoeiras das Minas Gerais, onde o meu coração será enterrado. Sonho em ter tempo para vagabundear. Sonho em ter tempo para brincar com minhas netas.

O que tenho sentido? Beleza. Nostalgia. Tristeza. Cansaço. Urgência. A curteza do tempo. Um enorme desejo de passar uns tempos num mosteiro, longe de cartas, telefones, micros, viagens, *e-mails*, curtindo a solidão e a ausência de obrigações...

Quanto maior a beleza, maior também a tristeza. A beleza em solidão é sempre triste. Para ser boa, a beleza exige, pelo menos, dois pares de olhos tranquilos se olhando, dois pares de mãos amigas brincando, e bocas de voz mansa sussurrando...

Cada momento de alegria, cada instante efêmero de beleza, cada minuto de amor são razões suficientes para uma vida inteira.

A beleza de um único momento redime a dor de todos os sofrimentos.

A alma é uma borboleta. Há na vida um momento em que uma voz nos diz que chegou a hora de uma grande metamorfose: é preciso abandonar o que sempre fomos para nos tornarmos uma outra coisa: Cigarra! Morre e transforma-te! Sai da escuridão da terra. Voa pelo espaço vazio!

Se eu morrer agora não terei do que me queixar. A vida foi muito generosa comigo. Plantei muitas árvores, tive três filhos, escrevi livros, tenho amigos. Claro, sentirei muita tristeza, porque a vida é bela, a despeito de todas as suas lutas e de seus desencantos. Quero viver mais, quero terminar a minha sonata. Mas, se por acaso ela ficar inacabada, outros poderão arrumar o seu fim.

Já me fiz essa pergunta várias vezes, pensando nos meus filhos. Eu também queria que eles levassem as suas sonatas até o fim, mesmo que eu não estivesse aqui para ouvi-las. Mas não se pode ter certezas. A possibilidade terrível sempre pode acontecer. E se ela acontece, vem o sentimento terrível de que tudo foi inútil.

O que tenho ouvido: César Franck, Mozart, Bach, Beethoven, Chopin, Schumann. Cantigas de roda. *A arca de Noé*. Poemas de Fernando Pessoa lidos-recitados no delicioso sotaque português. Poesia é música. A alma humana é música: beleza que se encontra além das palavras. No fundo da alma, onde tudo é silêncio, onde as palavras estão mudas, ouve-se música. Deus é música.

Ouvir música é encontrar-me com a beleza que existe dentro de mim. Se Narciso, em vez de se deixar fascinar pela beleza visual, tivesse se deixado fascinar pela beleza musical, acho que não teria tido o fim trágico que teve.

Não preciso crer em algo que me faz sorrir. O sorriso me basta. A pergunta deveria ser não "Você acredita em Deus?", mas "Você sorri ao ouvir o nome de Deus?". Um Deus que não faz rir não me serve.

O que tenho pensado? Penso tanta coisa que não é possível dizer o que tenho pensado. Penso que o tempo está passando. Penso que o mundo está cheio de beleza. Penso que não quero morrer. Penso que quero morrer. Penso que se Deus tivesse pedido os meus conselhos o mundo seria melhor. Deus é muito paciente. Sou impaciente. Na verdade, acho que ele se mudou para uma outra galáxia.

Dizem que 99% da população brasileira acredita em Deus. Eu acrescento: 100% da população dos infernos também acredita em Deus. Acho que Deus morre de rir quando lê pesquisas desse tipo. Ri dos sociólogos tolos que fazem questionários tolos, e dos tolos que dão respostas tolas a perguntas tolas. Deus é uma grande paciência. Um grande humor.

Senti que o tempo é apenas um fio. Nesse fio vão sendo enfiadas todas as experiências de beleza e de amor pelas quais passamos. Aquilo que a memória amou fica eterno. Um pôr do sol, uma carta que se recebe de um amigo, os campos de capim-gordura brilhando ao sol nascente, o cheiro do jasmim, um único olhar de uma pessoa amada, a sopa borbulhante sobre o fogão a lenha, as árvores de outono, o banho de cachoeira, mãos que se seguram, o abraço de um filho.

O que tenho lido: Manoel de Barros, Fernando Pessoa, o livro de *Eclesiastes*, o mais sábio, o livro do *Cântico dos cânticos*, o mais erótico, Unamuno, Nietzsche, os manuscritos que estou escrevendo, centenas de cartas e *e-mails*...

Temos uma capacidade quase infinita de suportar a dor, desde que haja esperança. Diz-se que a esperança é a última que morre. Mas o certo seria dizer: a penúltima. Há uma morte que acontece antes da morte. Quando se conclui que não há mais razões para viver. Quando morrem as razões para viver, entram em cena as razões para morrer.

A saudade é flor que só floresce na ausência. É nela que se dizem as orações suplicando aos deuses a graça da repetição da beleza. E é só para isso que existem os deuses: para garantir o retorno do belo.

Há beleza demais no universo, e beleza não pode ser perdida. E Deus é esse vazio sem fim, gamela infinita, que pelo universo vai colhendo e ajuntando toda a beleza que há, garantindo que nada se perderá, dizendo que tudo o que se amou e se perdeu haverá de se repetir. Deus existe para tranquilizar a saudade...

Minha alma é um quarto onde os objetos mais estranhos estão colocados, um ao lado do outro, sem ordem, sem nenhuma intenção de fazer sentido.

O crepúsculo é belo por causa do rio, o fluir do tempo faz as cores mudarem... A vida e a beleza só existem por causa da morte, que torna possível que elas dancem.

Pois o que o meu coração deseja não é navegar para o futuro. O futuro é desconhecido. E por mais que dê asas à minha imaginação, não consigo amar o que não conheço. Pode ser que ali se encontrem as coisas mais maravilhosas – mas como eu nunca as tive, não posso amá-las. Não sinto saudades delas.

Reverência pela vida é uma condição interior, um perfume que envolve todas as coisas e nos enche de respeito para com tudo aquilo que vive.

Amor é bibelô de louça. Ciúme é a consciência de que o objeto amado não é posse: bibelôs quebram fácil. Por isso, o amor dói, está cheio de incertezas. Discreto tocar de dedos, suave encontro de olhares: coisa deliciosa, sem dúvida. E é por isso mesmo, por ser tão discreto, por ser tão suave, que o amor se recusa a segurar. Amar é ter um pássaro pousado no dedo...

JANEIRO | 24

A alma é uma coleção de belos quadros adormecidos, os rostos envoltos nas sombras.

Existe uma felicidade que só mora na beleza.

E esta, a gente só encontra na melodia que soa,

esquecida e reprimida, no fundo da alma.

O crepúsculo e o outono nos fazem retornar à nossa verdade. Dizem o que somos. Metáforas de nós mesmos, eles nos fazem lembrar que somos seres crepusculares, outonais. Também somos belos e tristes...

O rio sabe todas as coisas. Dele pode-se aprender todas as coisas. As vozes de todas as criaturas vivas podem ser ouvidas na sua voz.

Velhice é saudade. Isso explica que haja jovens e mesmo crianças que, tendo vivido só um punhadinho de anos, já são velhos. É que a saudade pode florescer já nas manhãs... Percebi, então, que a velhice não era coisa nova. Ela tinha morado sempre comigo. Eu tinha saudade sempre, mesmo sem saber do quê. Saudade sem saber do que pode parecer contrassenso, pois a saudade é sempre saudade de alguma coisa: de um rosto, de um lugar, de um tempo passado.

Saudade é um buraco dolorido na alma. A presença de uma *ausência*. A gente sabe que alguma coisa está faltando. Um pedaço nos foi arrancado. Tudo fica ruim. A saudade torna-se uma aura que nos rodeia. Infelizmente, o amor é feito com muitos "nunca mais" – a expressão mais triste que existe.

A saudade faz bem ao amor, pois que é justamente na dor da separação que o coração faz a operação mágica de reencantar os amantes que o cotidiano só faz banalizar.

Ao contemplar a beleza, a alma faz uma súplica de eternidade. Ela deseja que aquilo que ela ama permaneça para sempre. Mas tudo o que a gente ama existe sob a marca do tempo. Tudo é efêmero. Efêmero é o pôr do sol, efêmera é a canção, efêmero é o abraço, efêmera é a casa construída para o resto da vida. A gente chora diante da beleza porque a beleza é uma metáfora da própria vida.

Gandhi

No dia 28 de janeiro de 1948, Gandhi, líder espiritual de um povo e da humanidade, foi assassinado. Amava a vida, em todas as suas formas. Tudo o que vive é divino. Tudo o que vive é sagrado. A reverência pela vida é a mais alta expressão da espiritualidade. Amava os animais – jamais admitiria que um animal pudesse ser sacrificado para o prazer gastronômico dos homens.
E jamais admitiria usar violência mesmo contra os inimigos. Também neles mora a centelha divina.
Seu amor à liberdade e seu respeito à vida, combinados, produziram uma filosofia política de não violência: vencer a maldade pela bondade.
Os textos do mês de fevereiro são uma homenagem a ele. Foram retirados do livro *Reverência pela vida* (Rubem Alves, Papirus).

FEVEREIRO

Sua filosofia se resume nestes versos:

Não terei medo de ninguém sobre a terra.

Temerei apenas a Deus.

Não terei má vontade para com ninguém.

Não aceitarei injustiças de ninguém.

Vencerei a mentira pela verdade,

e na minha resistência à mentira

aceitarei qualquer tipo de sofrimento.

RUBEM ALVES

O sofrimento prepara a alma para a visão de coisas novas. Sofrendo, os olhos ficam diferentes.

Quanto mais próximo da humilhação dos pobres eu me encontrava, tanto mais perto de Deus eu me sentia. É no lugar onde a vida aparece desarmada e indefesa, nada tendo em suas mãos além do desejo de viver, que ela, a vida, viceja mais bela...

FEVEREIRO | 2

Eu nunca acreditei que a sobrevivência fosse um valor último. A vida, para ser bela, deve estar cercada de vontade, de bondade e de liberdade. Essas são coisas pelas quais vale a pena morrer. Era porque eu amava a vida, e a amava com muita intensidade, que eu me arriscava a andar bem próximo da morte.

Sempre acreditei que no fundo dos homens existe algo de bom. Como poderia eu odiar qualquer pessoa, mesmo os que me tinham por inimigo? Dirão que não é assim. Há a crueldade, o ódio, a morte... Será que algumas gotas de água suja serão capazes de poluir o oceano inteiro? Que força do mal poderá apagar o divino que mora em nós?

FEVEREIRO | 4

Os caminhos da morte são rápidos. Por eles andam os que têm pressa. Já os caminhos da vida são vagarosos. É preciso caminhar na esperança... Matar o inimigo é muito fácil. Mas transformá-lo num amigo é coisa difícil e incerta, que requer muita coragem.

As pessoas ficam irracionais diante da multidão enraivecida. Viram verdadeiras feras. Mas, quando estão sozinhas, elas são capazes de sentimentos ternos e chegam a brincar com os velhos e as crianças. Enganamo-nos quando confundimos as pessoas com seus atos. Ninguém é idêntico àquilo que faz. É só isso que nos permite odiar o pecado e amar o pecador.

A força da lei injusta está em que ela amedronta. Amedrontados, os homens se separam, cada um por si, tentando a sobrevivência. E separados eles são subjugados. Mas quando os homens, movidos pela voz da verdade e pela pureza do coração, se dão as mãos, a injustiça perece.

Os políticos, acostumados a usar o poder das armas, desconhecem o poder das sementes.

Verdade é algo que cresce de dentro, que não se pode ensinar, mas apenas sugerir e invocar, por meio de gestos de amor... Ao escrever eu me via como alguém que oferece uma fruta ao faminto, um pouco de água ao que caminha.

Parece que os ocidentais não acreditam que os homens sejam naturalmente bons e belos, lugares onde a vida cresce. É por isso que se tornaram especialistas em meios de coerção e sabem usar o dinheiro e os fuzis como ninguém mais... É por isso que estão sempre tentando melhorar os homens por meio de *adições*: a comida em excesso, a roupa desnecessária, a velocidade da máquina, a complicação da vida...

Olhar para os animais e as plantas me enchia de alegria. E eu queria cuidar deles como quem cuida de algo frágil e precioso. Aí o mandamento cristão do amor me parecia pouco exigente. Pedia apenas amor ao próximo. Os cristãos entenderam que esse "próximo" se referia só às pessoas. Eu, ao contrário, penso que todas as coisas que vivem são minhas irmãs. Elas possuem uma alma. Lagartas que um dia serão borboletas.

A alegria vem quando as pessoas bebem de suas próprias fontes frescas a verdade que mora nelas. Esta verdade, o segredo da vida, é uma enorme e obstinada mansidão, que não recua nunca, e corre sempre, irresistível, sem revidar, como o rio...

FEVEREIRO | 12

Aprendi que a melhor maneira de afugentar o ridículo é ser o primeiro a rir.

Eu nunca quis entender de política. Só quis entender da bondade e dos seus caminhos. A política foi uma consequência e não a inspiração, da mesma forma que o calor é uma simples consequência do fogo e não a sua origem. Eu teria feito as mesmas coisas, ainda que não houvesse consequência alguma. Pelo menos é isso que me diz a minha voz interior.

Gosto de ver os casulos de borboletas. Lagartas feias que adormeceram, esperando a mágica metamorfose. De fora olhamos e tudo parece imóvel e morto. Lá dentro, entretanto, longe dos olhos e invisível, a vida amadurece vagarosamente.

Chegará o momento em que a vida será grande demais para o invólucro que a contém. E ele se romperá. Não lhe restará alternativa, e a borboleta voará livre, deixando sua antiga prisão...
Voar livre, liberdade.

Não haverá parto se a semente não for plantada, muito tempo antes... Não haverá borboletas se a vida não passar por longas e silenciosas metamorfoses...

As borboletas fizeram minha imaginação voar... Pensei no seu fascínio. Acho que é porque elas são metáforas de esperança. A lagarta deixa de ser, desaparece da vista, oculta-se aos olhos e renasce transfigurada. Quem, ao ver uma borboleta, poderia imaginar que ela fora um dia uma lagarta? É assim que eu penso sobre a vida, algo que vai transmigrando, migrando por diferentes formas, através de silêncios que parecem mortes, como meu corpo agora, reduzido a cinzas, para aparecer depois...

Toda vida é sagrada, porque tudo o que vive participa de Deus. E se até mesmo o mais insignificante grilo, no seu cricri rítmico, é um pulsar da divindade, não teríamos nós, com muito mais razão, de ter respeito igual pelos nossos inimigos?

"Amarás a mais insignificante das criaturas como a ti mesmo. Quem não fizer isto jamais verá a Deus face a face."

Agora me digam: acham que eu poderia me alimentar da carne de um animal que foi morto e sentiu a dor lancinante da faca, para que eu vivesse? Que alegria poderia eu ter em tamanha crueldade? A natureza foi generosa o bastante, dando-nos frutas, verduras, legumes, cereais. Por mais que tentem convencer-me de que maneiras ocidentais são as melhores para a saúde, sempre as encarei com horror. Antes morrer que matar. Em nenhuma hipótese causar medo ou dor a coisa alguma.

Para mim a vida de um carneiro não é menos preciosa que a vida de um homem. Eu jamais consentiria em sacrificar ao corpo humano a vida de um cordeiro. Quanto menos uma criatura pode se defender, tanto mais direito tem à proteção do homem, contra a crueldade do próprio homem. Para mim essa é a razão por que os pobres e os fracos devem ser objetos especiais de nossa compaixão e proteção. Os pequenos agricultores, os párias...

Nosso destino espiritual passa por nossos hábitos alimentares. Estou convencido de que a saúde depende de uma condição interior de harmonia com tudo que nos cerca. Comer demais é uma transgressão dessa harmonia.

Quando nos abstemos estamos silenciosamente dizendo às coisas vivas: "Podem ficar tranquilas. Não as farei sofrer desnecessariamente. Só tomarei para mim o mínimo necessário para que o meu corpo viva bem". Foi o que fiz. Vivi frugalmente. Fiz jejuns enormes. E minha saúde foi sempre boa.

Cada um, a seu modo, contém a mesma essência divina que percorre todos nós: a vida. Com isso perdemos o senso falso da nossa própria importância. Deixamos de ser o centro do universo. Mas o que perdemos em importância ganhamos em fraternidade: já não estamos sozinhos. A vida é uma grande mãe que nos envolve.

Entrei na política por amor à vida dos fracos. Morei com os pobres, recebi os párias como hóspedes, lutei para que tivessem direitos políticos iguais aos nossos, desafiei os reis, esqueci-me das vezes em que estive preso... E tudo isso teve um gosto doce na minha boca.

Aqueles que dizem que religião nada tem a ver com política, na realidade nada entendem de religião, pois nada entendem da vida. Lutar pelos animais e lutar pela fraternidade entre os homens: esses gestos são parte de uma única esperança. O caminho para a verdade passa através da bondade.

O que tentei fazer, eu penso, se parecia mais com a magia e as esperanças que com a política e as suas certezas...

Gestos poéticos que despertem nas pessoas as coisas boas que nelas estão adormecidas... A liberdade só seria colhida se fosse, antes, plantada.

Ao fim da minha vida, minhas posses se resumiam em não mais que uma dúzia de objetos: sandálias, óculos, relógio, tigelas para as refeições... Quando são poucas as coisas que temos para cuidar, é muito o tempo que temos para viver.

De repente, em meio à paz, vislumbrei um rosto que nunca vira, mas que sempre temera. Era a morte... Tive medo. O rosto jovem, vazio, a arma. Os clarões, os estampidos, a dor... Foi então que me senti criança de novo, de volta, na minha casa. Uma imensa tranquilidade tomou conta de mim. Só sei que alguém me acolheu. Fui virando crisálida, casulo, esperança.

Comida: Sobre a filosofia básica da culinária

A culinária consta de duas partes.

A primeira parte não dá prazer. São ferramentas, matérias-primas, utensílios, em si mesmos sem gosto. Não há culinária sem eles. Mas eles não fazem a culinária. Utensílios sofisticados e importados não bastam para que a comida seja boa. É preciso que haja a ação de um feiticeiro-cozinheiro. Culinária é feitiçaria. A segunda parte resulta de um ritual mágico de transformações: o banquete. O objetivo do banquete é servir felicidade – prazer e alegria – sob a forma de comida.

Quem compreende a culinária é sábio. Na culinária se encontra tudo o que é para ser sabido sobre a arte de viver. E imagino que foi meditando sobre a cozinha que

MARÇO

santo Agostinho elaborou a sua filosofia. Eu o explico antropofagicamente.

Diz ele que tudo na vida se divide em duas feiras. A primeira é a "Feira das Utilidades" – onde se encontram todas as ferramentas que usamos, do fogo à ciência. Os objetos da "Feira das Utilidades" nos dão os "meios para viver". Os meios para viver são necessários, mas eles não nos dão felicidade. A felicidade se encontra numa outra feira, a "Feira da Fruição", onde se encontram todos os prazeres, que vão do prazer de uma fruta que se come à alegria de uma música que se ouve. Todos os objetos dessa feira, que dão prazer e alegria, são inúteis. Não são ferramentas. Nós os desejamos não por aquilo que podemos fazer com eles, mas pelo prazer que nos dão. Os objetos que são inúteis e dão prazer são os brinquedos, que fazem rir, e a arte, que faz chorar de beleza. É aqui que se encontra o sentido da vida. Os objetos da "Feira da Fruição" nos dão "razões para viver".

Se compreender isso você estará se transformando num sábio.

Sábio é aquele que degusta a vida. *Sapio*, em latim, quer dizer "eu degusto".

Duas tristezas. A primeira é não ter fome quando a comida está servida na mesa. A segunda é ter fome quando não há comida na mesa. Entre essas duas tristezas a vida acontece. O encontro entre fome e comida tem o nome de alegria.

A vida começa na boca. A vida começa no seio. A boca sugando o seio: essa é a primeira lição de erótica. Essa é a primeira maneira de fazer amor.

Nasci em Minas e o meu corpo está cheio de memórias de infância. Entre os prazeres da cozinha mineira estava o frango com quiabo, que se comia com angu e pimenta. Ou arroz. De qualquer jeito é bom.

O banquete não se inicia na cozinha, com panelas, fogo, ingredientes e temperos. O banquete se inicia com uma decisão de amor. Babette – é preciso ver o filme *A festa de Babette* –, com pena das pessoas mirradas e mesquinhas que a inveja e o ressentimento haviam tornado insensíveis, na aldeia em que vivia, prepara um banquete que lhes daria uma experiência inesquecível de prazer, beleza e generosidade.

A nutricionista não prepara banquetes; prepara refeições. Pondera o equilíbrio científico dos vários componentes alimentares que irão compor a refeição, analisa vitaminas, carboidratos e proteínas. Cozinha para alimentar quem come. Deseja matar a fome de quem come. Ela mora na "Feira das Utilidades".

A cabeça da cozinheira funciona ao contrário. Não considera vitaminas, carboidratos e proteínas. Sua imaginação está cheia de sabores. Não quer matar a fome. Quer provocá-la e aumentá-la. Com fome, tudo é gostoso!
Depressão é quando a fome se vai...

Come-se na mesa; come-se na cama. O que os amantes buscam não é o orgasmo. O orgasmo quer dizer: "Não quero mais". O orgasmo é a morte do desejo.

O orgasmo são os três acordes triunfantes, ao final da sinfonia. Eles anunciam o fim. Acabou-se a brincadeira. O que os amantes desejam é a alegria de ver crescer a fome do outro. *Bolero* de Ravel...

Se Deus não ficar bravo comigo proponho um acréscimo às palavras de Jesus, no "Sermão da Montanha": "Bem-aventurados os que têm fome porque serão fartos". "Bem-aventurados os que estão fartos porque eles terão fome de novo!" Pois poderá haver desgraça maior que deixar de ter fome? Estar farto, não ter mais fome, é o tédio, o enfado, a impotência. Quem não tem fome está condenado a não ter alegria.

A boca que suga o seio é a metáfora fundamental da sapiência.

O corpo do nenezinho, que nada sabe e que nenhuma palavra fala ou entende, já sabe que as coisas do mundo se dividem em duas categorias apenas. Primeira, a classe das coisas gostosas que devem ser degustadas e engolidas. Segunda, a classe das coisas que não são gostosas e que devem ser cuspidas ou vomitadas. Essas são as duas categorias fundamentais da sapiência.

O prato tem de ser gostoso, cheiroso (os temperos!), bonito (as cores!), excitante ao tato (a pimenta, o calor!). A cozinheira é uma artista. Pois arte é a produção de prazer através dos sentidos. Ela pensa a partir da boca, elabora uma ontologia do gosto.

Há um ditado que diz: "Primeiro comer, depois filosofar". Certo seria dizer "primeiro filosofar, depois comer". Dessa forma a dignidade filosófica da arte culinária ficaria reconhecida e estabelecida.

A comida começa no pensamento. Antes que a moqueca exista na panela ela existe na cabeça. A moqueca é um sonho transformado em comida.

A cozinheira existe para dar prazer. Essa é a sua arte. Ela sabe o *kama sutra* da boca: as infinitas maneiras de fazer amor com os lábios, com a língua, com o nariz, com as vísceras. Sim, com as vísceras, porque há prazeres que só se revelam em sua plenitude no silêncio escuro de nossas alcovas de amor internas. Como o prazer do vinho...

O sabor vive no lugar onde a visão morre.

Os olhos não veem o que está dentro da boca.

O gosto não tem porquês.
É gostoso porque é gostoso.

A criança brinca com o seio. Seio é mais que leite. É brinquedo. Chupar dá prazer: início dos nossos impulsos antropofágicos! Esse desejo infantil vai nos acompanhar pelo resto da vida.

Babette e Tita realizavam na prática aquilo que os psicanalistas anunciam na teoria: é o "princípio do prazer" que estabelece o programa para a nossa vida. O conhecimento é apenas uma ferramenta. Não é um fim. Da mesma forma como, na cozinha, o fogo, as facas e os garfos não são o fim, mas apenas meios para o fim delicioso que é a comida.

Uma comida, para ter gosto bom, há de ser a realização culinária de um sonho. A cozinha é o laboratório alquímico onde os sonhos, pela alquimia culinária, são transformados em comida.

Os poetas são cozinheiros pretensiosos que se esforçam por transformar o universo em banquete.

Eu escrevo como quem cozinha: para dar prazer. Um bom texto tem de ser saboroso, degustado, engolido, repetido... A tristeza que bate quando o banquete vai chegando ao fim... A tristeza que bate quando o texto saboroso vai chegando ao fim...

Cozinheiros que não levam a sério a importância do prazer na comida que servem perdem logo o emprego. Infelizmente, entretanto, o mesmo não acontece com os professores e filósofos. Quando o aluno não aprende, o culpado é sempre o estômago do aluno, que é acusado de incompetência digestiva.

Comidas são potências mágicas. Segundo os mitos cristãos, o homem se perdeu pela boca e se salvará pela boca. Perdeu-se vegetarianamente, comendo o fruto do conhecimento proibido. Salvar-se-á antropofagicamente, comendo a carne e bebendo o sangue do Filho de Deus.

Amor e fome são a mesma coisa. Nada mais triste para uma cozinheira que o convidado sem apetite. "Não tenho fome." Ou aquele que diz: "Já estou satisfeito". Quem diz "não tenho fome" está dizendo "não quero mais fazer amor com você...".

Diz o ditado que "o melhor da festa é esperar por ela". Há prazeres que moram no tempo da espera.

Num verso alegre, sem a tristeza do verso do Chico, posso dizer que "saudade é fazer comida para o filho que vai chegar...". Ai, que saudade boa!

É prazeroso preparar o prazer.

Talvez "prazer" não seja a melhor palavra.
Melhor seria alegria! A alegria é um sentimento
manso que não depende da presença do objeto.
Ela existe no preparo da comida – antes que o
filho chegue. Só uma memória faz sorrir. O
corpo humano se alimenta também de
ausências.

A alegria, na ausência, tem o nome de saudade. É amarga, por causa da ausência. É feliz pela esperança do reencontro. A moqueca começa como uma saudade culinária.

A eucaristia é a celebração de uma ausência: há um convidado ausente; sua cadeira está vazia. Deus é a presença de uma ausência. Na ausência do objeto amado a comida dá prazer, mas o que dá alegria é o sonho.

Deus não é um poder infinito no início de todas as coisas. É uma fraca semente de bondade e beleza em tudo o que há. Quando a semente brota, aparece o Paraíso...

Sábios são os japoneses que descobriram um jeito de pôr a cozinha em cima da mesa onde se come, de modo que cozinhar e comer ficam sendo uma mesma coisa. Pois é precisamente isso que é o *sukiyaki*, que fica mais gostoso se se usa quimono de samurai.

EDUCAÇÃO

Reli, faz poucos dias, o livro de Hermann Hesse *O jogo das contas de vidro*. Bem ao final, à guisa de conclusão e resumo da estória, está este poeminha de Rückert:

> *Nossos dias são preciosos / mas com alegria os vemos passando / se no seu lugar encontramos uma coisa mais preciosa crescendo: / uma planta rara e exótica, / deleite de um coração jardineiro, / uma criança que estamos ensinando, / um livrinho que estamos escrevendo.*

Esse poema fala de uma estranha alegria, a alegria que se tem diante da coisa triste que é ver os preciosos dias passando... A alegria está no jardim que se planta, na criança que se ensina, no livrinho que se escreve. Senti que eu mesmo poderia ter escrito essas palavras, pois sou jardineiro, sou professor e escrevo livrinhos.

ABRIL

Ao ler o texto de Hesse tive a impressão de que ele estava simplesmente repetindo um tema que se encontra em Nietzsche. O que é bem provável. Fui procurar e encontrei o lugar onde o filósofo (escrevo esta palavra com um pedido de perdão aos filósofos acadêmicos, que nunca o considerariam como tal, porque ele é poeta demais, "tolo" demais...) diz que "a felicidade mais alta é a felicidade da razão, que encontra sua expressão suprema na obra do artista. Pois que coisa mais deliciosa haverá que tornar sensível a beleza? Mas esta felicidade suprema", ele acrescenta, "é ultrapassada na felicidade de gerar um filho ou de educar uma pessoa".

"Ah!", retrucarão os professores, "a felicidade não é a disciplina que ensino. Ensino ciências, ensino literatura, ensino história, ensino matemática...". Mas será que vocês não percebem que essas coisas que se chamam "disciplinas", e que vocês devem ensinar, nada mais são que taças multiformes coloridas, que devem estar cheias de alegria? Pois o que vocês ensinam não é um deleite para a alma? Se não fosse, vocês não deveriam ensinar. E se é, então é preciso que aqueles que recebem, os seus alunos, sintam prazer igual ao que vocês sentem. Se isso não acontecer, vocês terão fracassado na sua missão, como a cozinheira que queria oferecer prazer, mas a comida saiu salgada e queimada...

RUBEM ALVES

Van Gogh tem uma delicada tela que representa esta cena: o pai, jardineiro, interrompeu seu trabalho, está ajoelhado no chão, com os braços estendidos para a criança que chega, conduzida pela mãe.
O rosto do pai não pode ser visto. Mas é certo que ele está sorrindo. O rosto-olhar do pai está dizendo para o filhinho: "Eu quero que você ande".
É o desejo de que a criança ande, desejo que assume forma sensível no rosto da mãe ou do pai, que incita a criança ao aprendizado dessa coisa que não pode ser ensinada nem por exemplo nem por palavras.

Segundo Nietzsche, a primeira tarefa da educação é ensinar a ver. É através dos olhos que as crianças tomam contato com a beleza e o fascínio do mundo. Os olhos têm de ser educados para que a nossa alegria aumente. As crianças não veem "a fim de". Seu olhar não tem nenhum objetivo prático. Veem porque é divertido ver. Alberto Caeiro sabia tudo sobre o olhar das crianças...

Educar é mostrar a vida a quem ainda não a viu.
O educador diz: "Veja!" – e, ao falar, aponta.
O aluno olha na direção apontada e vê o que nunca viu. O seu mundo se expande. Ele fica mais rico interiormente. E, ficando mais rico interiormente, ele pode sentir mais alegria e dar mais alegria – que é a razão pela qual vivemos.

Já li muitos livros sobre psicologia da educação, sociologia da educação, filosofia da educação, didática – mas, por mais que me esforce, não consigo me lembrar de qualquer referência à educação do olhar, ou à importância do olhar na educação, em qualquer um deles.

"O sentido está guardado no rosto com que te miro" (Cecília Meireles). Não te miro com os meus olhos. Te miro com o meu rosto. É o rosto que desvenda o mistério do olhar. O rosto da mãe revela à criança o segredo do seu olhar. E o rosto da criança revela à mãe o segredo do seu olhar. O rosto do professor revela ao aluno o segredo do seu olhar.

"O meu lábio zombeteiro faz a lança dele refluir": dito pela Adélia Prado. Lança? Falo ereto. Mas o lábio zombeteiro a altera. A lança, humilhada, encolhe-se, torna-se incapaz do ato do amor. Há uma relação metafórica entre a lança fálica e a inteligência.

Como a lança fálica, a inteligência ou se alonga e se levanta confiante para o ato de conhecer ou se encolhe, flácida e impotente. O olhar de um professor tem o poder de fazer a inteligência de uma criança ficar ereta ou flácida... O lábio zombeteiro do professor faz a inteligência do aluno refluir.

Nos tempos da minha infância, livros de figuras não se encontravam prontos para ser comprados nas livrarias. Eu mesmo fiz um álbum de figuras. Era um caderno grande no qual fui colando figuras de cachorros. Minha mãe não gostava de cachorros. Nunca pude ter um. Tinha inveja dos meninos que tinham. Fazendo o álbum de cachorros eu realizei, de alguma forma, o meu desejo.

A criança de olhar vazio e distraído: ela não aprende. Os psicólogos se apressam em diagnosticar alguma perturbação cognitiva. Mas uma outra hipótese tem de ser levantada: a inteligência dessa criança foi enfeitiçada pelo olhar do professor.

"Formatura": "formar" é colocar na fôrma, fechar. Um ser humano "formado" é um ser humano fechado, emburrecido. Educar é abrir. Educar é "desformar". Uma festa de "desformatura"...

Escrevo sobre educação porque amo as crianças, os jovens, seres ainda abertos, que enfrentam o perigo de ser "fechados". Joseph Knecht, o herói trágico do livro de Hesse *O jogo das contas de vidro*, no final da vida desejava apenas educar uma criança ainda não deformada pela escola.

Educação não é a transmissão de uma soma de conhecimentos. Conhecimentos podem ser mortos e inertes: uma carga que se carrega sem saber sua utilidade e sem que ela dê alegria. Educar é ensinar a pensar, isto é, a brincar com os conhecimentos, da mesma forma como se brinca com uma peteca.

Quando o conhecimento é vivo ele se torna parte do nosso corpo: a gente brinca com ele e sente-se feliz ao brincar. A educação acontece quando vemos o mundo como um brinquedo, e brincamos com ele como uma criança brinca com a sua bola. O educador é um mostrador de brinquedos...

Nossos currículos pressupõem que todo conhecimento é bom. Se isso fosse verdade teríamos de aprender tudo o que há para ser aprendido – o que é tarefa impossível. Quem acumula muito saber só prova um ponto: que é um idiota de memória boa. Não faz sentido aprender a arte de escalar montanhas nos desertos, nem a arte de fazer iglus nos trópicos. Na vida a utilidade dos saberes se subordina às exigências práticas do viver. O mar é longo, a vida é curta.

Os poetas sabem que poemas e frutas são parentes. Alchibald MacLeish dizia que os poemas deveriam ser palpáveis e silenciosos como frutos redondos. E Mário Quintana sonhava com um poema cujas palavras escorressem como a polpa de um fruto maduro pela boca. Não se explica uma fruta. Não se explica um poema. Ambos se conhecem pelo sabor.

Nas escolas as crianças são submetidas ao "jugo" dos saberes: programas. "Jugo" é canga. Fala-se, mesmo, em "grade" curricular – coisa de prisão. A educação segue o caminho inverso: começa não com os programas mas com a criança que vive seu momento presente. Saberes que permanecem não são impostos. Eles crescem da vida. Dizia Nietzsche: "Aquele que é um mestre, realmente um mestre, leva as coisas a sério – inclusive ele mesmo – somente em relação aos seus alunos".

A palavra "amor" se tornou maldita entre os educadores. Envergonham-se de que a educação seja coisa do amor – piegas. Mas o amor – Platão, Nietzsche e Freud o sabiam – nada tem de piegas. O amor marca o impreciso e forte círculo de prazer que liga o corpo aos objetos. Sem o amor tudo nos seria indiferente – indigno de ser aprendido, inclusive a ciência. Não teríamos sentido de direção ou não teríamos prioridades.

Quando minha filha sofria se preparando para os vestibulares, tendo de memorizar informações que iam das causas da Guerra dos Cem Anos a problemas de cruzamento de coelhos brancos com coelhos pretos, eu lhe dizia, como consolo: "Eu lhe juro, minha filha, que dois meses depois dos vestibulares você terá esquecido tudo". Há um esquecimento que se deriva da inteligência.

Água fervendo, espaguete cozinhando. Nenhum cozinheiro seria tolo de levar a água à mesa. O que importa é o espaguete. Para isso existe o escorredor de macarrão: para deixar passar o que não vai ser comido. A memória é um escorredor de macarrão: o que não vai ser comido, ela esquece.

Há pessoas que não esquecem nada: memória perfeita. Geralmente esse fenômeno se observa em idiotas.

Depois do sofrimento dos vestibulares vêm
o vômito e a diarreia: esquecimento.
Expulsão das comidas não digeridas. Não
por falta de memória ou inteligência curta.
A memória esquece porque quer esquecer.

- O "provão" é um mecanismo para testar o conhecimento baseado na memória: o que a memória guardou, provisoriamente... Sugiro um outro mecanismo, baseado no que se esqueceu. Normas para o "examão": (1) O que entra: 100% do que foi ensinado, do primeiro dia de aula, aos sete anos de idade, ao último dia de aula, ao final da universidade. (2) É proibido se preparar para o exame, estudar, recordar. (3) Nenhum aluno assinará o exame. Um teste que avaliasse o inútil perdido seria mais revelador que o teste que mostra o que restou.

A memória não carrega peso inútil em suas malas.
Viaja leve. Leva sempre duas malas. Numa estão os
objetos úteis. Noutra estão os objetos que dão prazer.

Um homem que, desejoso de montar uma oficina, comprasse todas as ferramentas que existem seria considerado um tolo. Uma oficina se monta com ferramentas que vão ser usadas. Mas o que nossas escolas querem é que os alunos carreguem ferramentas que nunca serão usadas. E depois se queixam de que elas são abandonadas...

Prova de inteligência não é possuir todas as ferramentas. É possuir as ferramentas de que se vai necessitar. Sabedoria oriental: "O tolo soma ferramentas. O sábio diminui as ferramentas".
O importante não é ter. É saber onde encontrar.

Se o conhecimento científico de anatomia fosse condição para fazer amor, os professores de anatomia seriam amantes insuperáveis. Se o conhecimento acadêmico da gramática fosse condição para fazer literatura, os gramáticos seriam escritores insuperáveis.

Não me consta que o *Kama Sutra* tenha sido escrito por um professor de anatomia. Não conheço gramático que tenha feito literatura. Gramática se faz com palavras mortas. Literatura se faz com palavras vivas. Para fazer amor com os livros é preciso se esquecer da gramática e aprender a música das palavras. Literatura é música.

Inventaram um crime atroz, que deveria ser punido: fazer resumo das obras literárias que vão cair no vestibular, para que o aluno não tenha de lê-las! Ah! Queria mesmo é ver o resumo que fariam das escrituras do Manoel de Barros...

Gramática é necrotério, sala de anatomia, palavras mortas sob o bisturi da análise. Literatura são as palavras vivas, fazendo o que elas bem desejam, à revelia de quem escreve. Mas aí eu pergunto: Quem sentirá vontade de fazer amor fazendo a necropsia da amada morta?

Muitos pensam que o problema da educação no Brasil é a falta de recursos. É verdade que há falta de recursos. É mentira que se eles vierem a existir a educação vai ficar inteligente. Cozinha que faz comida ruim não se transforma em cozinha que faz comida boa pela compra de panelas importadas. Culinária se faz com sonho. Educação se faz com sonho. Os grandes mestres na história da humanidade só tinham, à sua disposição, um recurso: a fala.

CRIANÇA

O pai orgulhoso e sólido olha para o filho saudável e imagina o futuro.

Que é que você vai ser quando crescer?

Pergunta inevitável, necessária, previdente, que ninguém questiona.

Ah! Quando eu crescer, acho que vou ser médico!

A profissão não importa muito, desde que ela pertença ao rol dos rótulos respeitáveis que um pai gostaria de ver colados ao nome do seu filho (e ao seu, obviamente)...

Engenheiro, diplomata, advogado, cientista...

Imagino um outro pai, diferente, que não pode fazer perguntas sobre o futuro. Pai para quem o filho não é uma entidade que *vai ser quando crescer*, mas que simplesmente é, por enquanto... É que ele sofre de uma

MAIO

doença incurável. Por isso, não vai ser nem médico, nem mecânico, nem ascensorista. Que é que seu pai lhe diz? Penso que o pai, esquecido de todos *os futuros possíveis e gloriosos* e dolorosamente consciente da presença física, corporal da criança, se aproxima dela com toda a ternura e lhe diz:

Se tudo correr bem, iremos ao jardim zoológico no próximo domingo... Vamos nos divertir muito...

São duas maneiras de pensar a vida de uma criança.
São duas maneiras de gozar uma criança.

RUBEM ALVES

Jacob Boehme, teólogo místico, afirmava que Deus é uma criança: Deus só faz brincar. O Paraíso foi perdido quando a criança deixou de ser um ser brincante e se transformou em trabalhador sério, adulto. A felicidade não se encontra nem na vida futura anunciada pelo protestantismo, nem nos sacramentos administrados pelo catolicismo, mas na transformação desta vida corpórea em alegre brincadeira.

O senso comum identifica o "infantil" com o "pueril". Adulto no qual mora uma criança não é digno de confiança. O ideal é o homem maduro, que abandonou as coisas de criança, que trocou o brinquedo pelo trabalho. A psicanálise concorda: o "infantil" é o regressivo, sintoma neurótico a ser analisado.

Na minha psicanálise os desejos infantis são desejos eternos e divinos. O infantil não é o regressivo: é o eterno, o que sempre foi, o que sempre será, o objeto da saudade e da nostalgia, o objeto perdido que se espera reencontrar no futuro. É dos desejos infantis que surge a poesia. A criança e o poeta falam a mesma língua.

Blake dizia que a árvore que o tolo vê não é a mesma árvore que o sábio vê. Pois eu digo que o caminho pelo qual anda a mãe não é o mesmo caminho pelo qual anda a criança. Os olhos da criança vão como borboletas, pulando de coisa em coisa, para cima, para baixo, para os lados, tudo é espantoso, tudo é divertido. Pena que a mãe não veja nada do que a criança vê porque seus olhos desaprenderam a arte de ver como quem brinca, ela tem muita pressa, é preciso chegar, há coisas urgentes a fazer...

A estória do Pinóquio diz que as crianças nascem de madeira e só ficam de carne e osso depois de passarem pela escola. Mas frequentemente acontece o contrário: nascem de carne e osso e ficam de madeira depois de passarem pela escola.

Os olhos nascem brincalhões e vagabundos – veem pelo puro prazer de ver, coisa que, vez por outra, aparece ainda nos adultos no prazer de ver figuras.

Coitados dos adultos! Arrancaram os olhos vagabundos e brincalhões de crianças e os substituíram por olhos-ferramentas de trabalho, limpa-trilhos.

São muitos os estudos da psicologia das crianças. Estudamos as crianças para ensinar-lhes a maneira adulta de ser. Não conheço estudos que tenham por objetivo o contrário: ensinar aos adultos a maneira de voltarem a ser crianças.

O brinquedo e a arte são as únicas atividades permitidas no Paraíso. O poeta, o artista, a criança: esses são os seres paradisíacos. No Paraíso não existe trabalho. Existem apenas brinquedo e arte.

Recuperar a *sapientia* é lembrar-se da "filosofia" sem palavras que morava no corpo da criança.

Seremos salvos quando nos tornarmos crianças: essa é a essência da sabedoria bíblica.

O centro da música filosófica de Nietzsche é o retorno à infância. Nossa trajetória: nascemos camelos, animais de carga, que obedecem à voz dos seus donos. Passamos então por uma primeira metamorfose: o camelo se transforma em leão, o guerreiro dono da sua vontade. Acontece, então, uma última metamorfose, para que a vontade do leão se realize: ele se transforma em criança que só faz brincar.

Aquilo que os tradutores não souberam traduzir e traduziram como "super-homem" é, na realidade, uma criança. Em vez de "super-homem" proponho "homem-transbordante" – exuberante como uma fonte (ou uma criança...).

Por oposição ao propósito da máquina educacional de transformar crianças em adultos, Nietzsche sugeria o oposto e dizia que "a maturidade de um homem é encontrar de novo a seriedade que tinha quando criança, brincando".

Desanimado com a estupidez dos adultos, ele escreveu: "Gosto de me assentar aqui onde as crianças brincam, ao lado da parede em ruínas, entre os espinhos e as papoulas vermelhas. Para as crianças eu sou ainda um sábio, e também para os espinhos e as papoulas vermelhas". Os adultos não o entendiam porque ele escrevia como criança.

Deus é alegria. Uma criança é alegria. Deus e uma criança têm isso em comum: ambos sabem que o universo é uma caixa de brinquedos. Deus vê o mundo com olhos de criança.

Para o nenezinho, o mundo é um objeto oferecido à degustação. O nenezinho mama, saboreia o mundo. Ser sábio é voltar a essa felicidade primitiva: mundo é seio, mundo é fruta.

Heráclito foi um filósofo grego fascinado pelo tempo. Contemplava o rio e via que tudo é rio. Tudo é água que flui: as montanhas, as casas, as pedras, as árvores, os animais, os filhos, o corpo... Assim é tudo, assim é a vida: tempo que flui sem parar. Dos fragmentos que deixou, este me encanta: "Tempo é criança brincando, jogando; da criança o reinado...".

Para nós o tempo é um velho, cada vez mais velho, sobre quem se acumulam os anos que passam e de quem a vida foge. Heráclito, ao contrário, diz que o tempo é criança, início permanente, movimento circular, o fim que volta sempre ao início, fonte de juventude eterna, possibilidade de novos começos.

Tempo é criança? O que o filósofo queria dizer exatamente eu não sei. Mas eu sei que as crianças odeiam Chronos, o deus que faz andar os relógios. O relógio é o tempo do dever: corpo engaiolado.

As crianças ignoram os relógios. Os relógios têm a função de submeter o tempo do corpo ao tempo da máquina. Mas as crianças só reconhecem o próprio corpo como ritmador do seu tempo.

Se as crianças usam relógios, elas os usam como se fossem brinquedos. Que maravilhosa subversão! Usar a gaiola do deus Chronos como brinquedo de Kairós, o deus do tempo vivo.

As crianças, do jeito como saem das mãos de Deus, são brinquedos inúteis, não servem para coisa alguma... Crianças não são para ser usadas como ferramentas. Elas são para ser gozadas, como brinquedos...

Os olhos, diferentemente do resto do corpo, preservam para sempre a propriedade divina do rejuvenescimento. O sábio é um adulto com olhos de criança.

Janusz Korczak foi um dos grandes educadores do nosso século. Foi voluntariamente com as crianças da sua escola para a câmara de gás de um campo de concentração nazista. Ele deu, a um dos seus livros, o título: *Quando eu voltar a ser criança*. De acordo com a Adélia Prado, que rezou: "Meu Deus, me dá cinco anos, me dá a mão, me cura de ser grande...".

Quero ensinar as crianças. Elas ainda têm olhos encantados. Seus olhos são dotados daquela qualidade que, para os gregos, era o início do pensamento: a capacidade de se assombrar diante do banal. Para as crianças tudo é espantoso: um ovo, uma minhoca, um ninho de guaxe, uma concha de caramujo, o voo dos urubus, o pulo dos gafanhotos, uma pipa no céu, um pião na terra: coisas que os olhos eruditos não veem.

O que está no início, o jardim ou o jardineiro? É o jardineiro. Havendo um jardineiro, cedo ou tarde, um jardim aparecerá. Mas um jardim sem jardineiro, cedo ou tarde desaparecerá. O que é um jardineiro? Uma pessoa cujo pensamento está cheio de jardins. O que faz um jardim são os pensamentos do jardineiro. O que faz um povo são os pensamentos dos que o compõem.

Claro que as funções adultas são necessárias: elas são ferramentas, meios de vida, entidades da "Feira das Utilidades". Elas precisam ser desenvolvidas para que a Criança Eterna brinque pela vida afora, sem se machucar...

Sonho com o dia em que as crianças que leem meus livrinhos não terão de grifar dígrafos e encontros consonantais e em que o conhecimento das obras literárias não será objeto de exames vestibulares: os livros serão lidos pelo simples prazer da leitura.

Não avalio as crianças em função dos saberes. São os saberes que devem ser avaliados em função das crianças. É isso que distingue um educador. Um educador não está a serviço de saberes. Está a serviço dos seus alunos.

Sugiro uma inversão pedagógica: os grandes aprendendo com os pequenos. Um profeta do Antigo Testamento resumiu essa pedagogia invertida numa frase curta e maravilhosa: "... e uma criança pequena os guiará" (*Isaías* 11:6). São as crianças que veem as coisas – porque elas as veem sempre pela primeira vez com espanto, com assombro de que elas sejam do jeito como são. Os adultos, de tanto vê-las, já não as veem mais. As coisas – as mais maravilhosas – ficam banais. Ser adulto é ser cego.

Há algo que a ciência não pode fazer. Ela não é capaz de fazer os homens desejarem plantar jardins. Ela não tem o poder para fazer sonhar. Não tem, portanto, o poder para criar um povo. São os sonhos de beleza que têm o poder de transformar indivíduos isolados num povo.

Sexo

Mesa e cama, na aparência tão diferentes, têm uma coisa em comum: são lugares onde se come. O verbo "comer" se usa indiferentemente para indicar os prazeres da boca e os prazeres do sexo. A Tita, do filme *Como água para chocolate*, imagino que inspirada pelos Textos Sagrados, desenvolveu um jeito de fazer amor através da culinária. Pois são os Evangelhos que dizem que comer é ato sacramental: quem come a comida come o corpo de quem a dá: "Tomai, comei, isto é o meu corpo". E foi assim que tentei entrar nos mistérios da sexualidade pelos mistérios da comida. Fui a um livro de medicina, procurando as luzes da ciência universal do comer. Lá encontrei a descrição do aparelho e das funções digestivas.

Procurei informações sobre comidas – pois seria de esperar que onde se fala de digestão se falasse também do que se come. Inutilmente. Tive de ir a uma livraria. E ali me deleitei com livros modernos maravilhosos das

JUNHO

diferentes culinárias; são infinitas as maneiras de comer, são infinitas as maneiras de gozar pela boca; os mais variados tipos de tempero, os mais variados tipos de ingrediente, os cheiros, as cores, as maneiras, as etiquetas: num lugar é boa educação dar ruidosos arrotos e comer de boca aberta fazendo barulho, em outros isso é coisa proibida; come-se à mesa, come-se no chão, com garfo, colher e faca, com pauzinhos, com a mão. Não tem jeito certo. Tudo depende do lugar. Por isso não pode haver ciência universal sobre o ato de comer. Voltei ao livro de medicina e procurei informações sobre os órgãos do sexo e, do mesmo jeito como os órgãos da digestão, lá encontrei de novo as figuras – tudo igual para todo mundo. Tudo funciona de jeito igual. Procurei informações sobre os jeitos de comer na cama – pois seria de esperar que onde se fala sobre os órgãos do sexo se falasse também sobre a sexualidade. Inutilmente. Aí foram a literatura, a experiência e a imaginação que vieram em meu socorro. E elas me disseram que comer na mesa e comer na cama são coisas iguais. Não existe ciência sobre isso. Não existe uma sexualidade feminina, como não existe uma sexualidade masculina: com uma clarineta se toca desde um adágio triste até um chorinho... Tudo depende do gosto e da habilidade do tocador. E me veio à cabeça, sem que eu tivesse de fazer qualquer pesquisa para tanto, que aquilo a que se dá o nome de sexualidade masculina é um enorme leque de variações: o menu da cama, o *Kama Sutra*, é variadíssimo, incluindo comidas e jeitos de comer de todos os gostos: os mais variados ingredientes, as mais variadas posições, os mais variados instrumentos, os mais variados temperos. Tudo depende do gosto e da habilidade de quem vai comer...

RUBEM ALVES

Num dos extremos do leque da sexualidade masculina está a sexualidade inspirada nos jeitos suínos de comer: sabugos, inhames, restos de feijão e tortas de morango são todos devorados de uma bocada só. O gosto não faz diferença, tudo é a mesma coisa, sem fazer discriminações; a única coisa que importa é o "finalmente".

No outro extremo está a sexualidade inspirada na culinária de Babette: tudo é delicado, sutil e embriagante, até mesmo as toalhas e a posição das velas. Tudo é pensado como uma obra de arte. Mas, como se sabe, isso é coisa de dias especiais, dias de festa...

Bem no meio do leque está a sexualidade do cotidiano, o trivial do dia a dia: arroz, feijão, carne, couve, alface com tomate, comidinha caseira que se pode servir requentada num mexidão com pimenta.

Os homens, enganados pela fantasia de que eles têm algo que as mulheres não possuem, não se dão conta de sua fragilidade. Dizem que eles "comem" as mulheres. Puro engano. Comer é um ato pelo qual uma coisa é colocada dentro da boca, a boca sendo um orifício vazio que extrai do referido objeto, por meio de movimentos rítmicos, a sua substância e sucos. Ora, a anatomia é clara: é a mulher que possui o orifício vazio que recebe o objeto masculino, que ao final aparece murcho e esgotado.

Mulher é boca; homem é fruta. Nunca ouvi dizer que a banana comesse a boca.

Os bichos fazem sexo conforme a natureza manda. Deus lhes deu o violino e a partitura: tocam sempre a mesma música. Para nós, Deus deu o violino, mas não deu a partitura. Temos de inventar a nossa música.

Culinária é a transformação alquímica da natureza: imaginação + natureza + fogo + temperos + cores: assim se faz um prato. Come-se o prato por prazer e alegria. Pois os homens fazem coisa parecida com o sexo: misturam o sexo, tal como saiu da natureza, com poesia, perfumes, música, cores e toques. E assim o coito animal se transforma em experiência amorosa.

A hora do suflê é a hora do pânico generalizado. Dietas, cremes de algas marinhas, sabonetes de tartaruga, tinturas de cabelo, limpezas de pele, academias de ginástica, cirurgias plásticas, cintas, acupuntura, próteses... Tudo inútil.

Não há maneiras de reencher o suflê que afundou. O jeito é dar risada quando ele arria. E é bom que se saiba que suflê arriado, mesmo não sendo tão bonito quanto o outro, se servido com temperos de humor e risada, é muito gostoso de comer...

A psicanálise usa dizer que as mulheres sofrem de "complexo de castração" porque algo lhes falta. Equívoco total. Quem sofre essa dor é o homem. É ele que sempre perde o pênis ao final do ato sexual. Com o que elas não têm, elas podem ter quantos quiserem do que o homem tem.

JUNHO | 11

Coito é coroação seguida de decapitação.

As deusas impuseram ao homem um castigo de honestidade. Não lhe é possível esconder ou fingir. Ele não pode, por meio de uma decisão racional, dar ordens ao pênis. O pênis tem ideias próprias, não obedece, só faz o que lhe apraz.

Na alegria do sexo cada um oferece o seu corpo ao outro como brinquedo. Cada amante é um brinquedo brincante. Transar é brincar, coisa muito leve e cheia de risos...

A mulher não corre o risco da humilhação. Por meio de uma decisão racional, ela pode ter uma relação com a pessoa que ama, pode fingir, e o outro nem percebe.

Talvez o maior prazer de uma relação sexual seja o prazer de ser objeto de prazer do outro. "O outro me deseja. Eu posso satisfazer o seu desejo."

Babette, cozinheira maravilhosa, tinha prazer não em comer a comida que preparava – ela só provava. O seu prazer estava em dar prazer. Isto, sobre o comer na mesa, vale para o comer na cama. E a mulher é como a Babette. Ela pode dar prazer sempre que desejar. O que não acontece com o homem.

O sofrimento não é o sofrimento de não poder ter prazer. É o sofrimento de não poder dar prazer.

O desejo mais profundo é narcísico: não o prazer fácil do orgasmo, mas a alegria de dar prazer à pessoa amada.

Há a fantasia de que "ela é areia demais para o meu caminhãozinho". Claro que há sempre o recurso de fazer duas viagens, se houver gasolina para tanto. Mas a assimetria continua.

Dito em linguagem culinária: "Minha comida é muito pouca para a fome dela". Dito em linguagem técnica: "Eu, como objeto do desejo, sou pequeno demais para o desejo dela".

São as mulheres as primeiras a falar sobre o tamanho enorme do seu desejo. "Para o meu desejo, o mar é uma gota", diz a Adélia. Ah! Então seria preciso que os homens fossem deuses para satisfazer esse desejo oceânico! Qualquer homem é muito pouco...

Aí os homens começam a ter medo do desejo da mulher. "Melhor uma mulher sem desejo. Pois se ela não tiver desejo, não passarei pela humilhação de não poder satisfazê-lo." Os homens de gerações passadas queriam mulheres virgens, não por razões religiosas de pureza, mas para impedir a possibilidade de comparação. Ele não quer que ela saiba o tamanho do seu caminhãozinho.

O homem não suporta imaginar que o desejo de sua amada, que ele não consegue satisfazer, possa ser satisfeito por outro. Daí o temor da infidelidade da mulher: o temor de ser menor que o outro.

A ferida não é ficar sem ela; a dor não é a perda dela. A dor maior, insuportável, é narcísica. Pois "ao me ser infiel e me abandonar ela está proclamando aos quatro ventos a minha incapacidade de satisfazer o seu desejo: ela revela o segredo da minha incompetência".

A identidade sexual também se define "homossexualmente": preciso ser confirmado como homem perante os outros homens, meus iguais. O que é insuportável para o homem não é a ausência da mulher, mas se sentir pequeno perante os olhares dos seus pares, homens.

Não basta que minha masculinidade seja confirmada pela mulher. Preciso exibi-la narcisicamente diante dos meus pares.

A virgindade, como a ablação do clitóris praticada por certas tribos africanas, a indiferença sexual e, no seu ponto extremo, o crime de amor são formas de possuir a mulher através da destruição do seu desejo. "Uma mulher sem desejo será sempre minha."

A tradição cristã tem medo do prazer. Prazer é artifício do Diabo. Tanto assim que, para agradar a Deus, os fiéis se apressam a oferecer-lhe sofrimentos e renúncias, certos de que é o sofrimento dos homens que lhe causa prazer. Não tenho conhecimento de alguém que, a fim de agradar a Deus, lhe tenha feito promessas de ouvir Mozart ou ler poesia.

A aparência bruta, os músculos moldados pelos halteres, as estórias de proezas sexuais, a produção visual de acordo com os padrões masculinos – todos esses são artifícios de um ser amedrontado diante do mistério fascinante da mulher.

"Tão fraca, tão frágil, e, no entanto, é diante dela que vou me revelar! Será ela que me revelará se eu sou comida capaz de matar a sua fome."

Os que não sentem ansiedade são aqueles que não entendem, semelhantes aos cachorros: ainda não ouviram a notícia. Dentro em breve a sua carne os surpreenderá com o recado. O suflê arria. E daí para frente eles estarão permanentemente perdidos.

Deus

Era uma vez um velhinho simpático que morava numa casa cercada de jardins. O velhinho amava os seus jardins e cuidava deles pessoalmente. Na verdade fora ele que pessoalmente o plantara – flores de todos os tipos, árvores frutíferas das mais variadas espécies, fontes, cachoeiras, lagos cheios de peixes, patos, gansos, garças. Tão bom era o velhinho que o seu jardim era aberto a todos: crianças, velhos, namorados, adultos cansados. O jardim do velhinho era um verdadeiro paraíso, um lugar de felicidade. Prestando-se um pouco de atenção era possível ver que havia profundas cicatrizes nas mãos e nas pernas do velhinho. Contava-se que, certa vez, vendo uma criança sendo atacada por um cão feroz, o velhinho, para salvar a criança, lutou

JULHO

com o cão e foi nessa luta que ele ganhou suas cicatrizes. Os fundos do terreno da casa do velhinho davam para um bosque misterioso que se transformava numa mata. Era diferente do jardim, porque a mata, não tocada pelas mãos do velhinho, crescera selvagem como crescem todas as matas. O velhinho achava as matas selvagens tão belas quanto os jardins. Quando o sol se punha e a noite descia, o velhinho tinha um hábito que intrigava todos: ele se embrenhava pela mata e desaparecia, só voltando para o seu jardim quando o sol nascia. Ninguém sabia direito o que ele fazia na mata e estranhos rumores começaram a circular. Começaram, então, a espalhar o boato de que o velhinho, quando a noite caía, transformava-se num ser monstruoso, parecido com lobisomem, e que na floresta existia uma caverna profunda onde o velhinho mantinha, acorrentadas, pessoas de quem ele não gostava, e que o seu prazer era torturá-las com lâminas afiadas e ferros em brasa.

Outros diziam, ao contrário, que não era nada disso. Não havia nem caverna, nem prisioneiros, nem torturas. Essas coisas existiam mesmo era só na imaginação de pessoas malvadas que inventavam os boatos. O que acontecia era que o velhinho era um místico que amava as florestas e ele entrava no seu escuro para ficar em silêncio, em comunhão com o mistério do universo. Quem era o velhinho, na realidade? Você decide. Sua decisão será um reflexo do seu coração.

JULHO | 1

Algumas pessoas olham através da vidraça, discutem sobre uma casa que estão vendo, ao longe. Uma das pessoas diz que aquela casa é habitada por um nobre, de hábitos aristocráticos e conservadores. Uma outra diz o contrário, que lá mora um operário, membro do sindicato, revolucionário. Uma terceira diz que as duas primeiras estão erradas: ninguém mora na casa. Ela está vazia. Pedem a minha opinião. Eu me aproximo, elas apontam através do vidro, na direção da casa. Olho, olho, e concluo que alguma coisa deve estar errada com os meus olhos. Eu não vejo casa alguma. O que eu vejo são os reflexos do meu próprio rosto na vidraça...

Já tive uma paciente que achou que estava ficando louca porque viu a eternidade numa cebola cortada! De repente, num dia como outro qualquer, ao olhar para a cebola que ela acabara de cortar, ela não viu a cebola: viu um vitral de catedral, milhares de minúsculos vidros brancos, estruturados em círculos concêntricos, onde a luz se refletia. Eu a tranquilizei. Não estava louca. Havia virado poeta.

Pessoas há que, para terem experiências místicas, fazem longas peregrinações a lugares onde anjos e seres do outro mundo aparecem. Eu, ao contrário, quando quero ter experiências místicas, vou à feira. Cebolas, tomates, pimentões, uvas, caquis e bananas me assombram mais que anjos azuis e espíritos luminosos. São entidades assombrosas. Você já olhou para elas com atenção?

Estava doente, muito doente. Na véspera de sua morte, arrastou-se até o banheiro e foi até a pia para lavar-se dos vômitos. Abriu a torneira e a água escorreu sobre as suas mãos... Ela parou, como que encantada pelo líquido frio que a acariciava. E de sua boca saíram estas palavras inesperadas: "A água... Como é bela! Sempre que a vejo penso em Deus. Acho que Deus é assim...".

Místicos e poetas sabem que o Paraíso está espalhado pelo mundo – mas não conseguimos vê-lo com os olhos que temos. Somos cegos. O zen-budismo fala da necessidade de "abrir o terceiro olho". Repentinamente a gente vê o que não via! Não se trata de ver coisas extraordinárias, anjos, aparições, espíritos, seres de outro mundo. Trata-se de ver este nosso mundo sob uma nova luz.

Dou o nome de Deus ao êxtase do corpo, possuído pela beleza.

Se uso a palavra Deus é como metáfora poética: nada de conhecimento. Nada sei sobre Deus. Deus é um significante que nada significa. Como se fosse um poema que não pretende conter um conhecimento. Um poema não vale pela verdade que supostamente poderia conter, mas pela beleza que contém. Assim é, para mim, o nome Deus...

Deus é o nome que damos à ausência que habita o corpo. Quando oramos "venha o teu Reino" estamos invocando o retorno dos objetos amados perdidos que moram na saudade.

Faço poemas sobre o meu vazio, que é o único que experimento. Em obediência ao mandamento sacramental de que o pão e o vinho fossem bebidos na dor da ausência. A magia não está nem no pão nem no vinho, presentes, mas nas palavras que dizem a tristeza da falta e a esperança da volta. O sacramento é uma celebração da ausência de Deus.

Os deuses das flores são flores. Os deuses das lagartas são lagartas. Os deuses dos cordeiros são cordeiros. Os deuses dos tigres são tigres. Nossos deuses são nossos desejos projetados até os confins do universo.

Teologia é uma música que faço com palavras, um móbile de contas de vidro, uma tapeçaria de luz. Faço por razões estéticas. E é por isso que nem necessito crer.

Sou cristão por causa da música. Basta ouvir Bach ou Haendel para que eu fique possuído, a despeito da estática produzida pelos dogmas e doutrinas das igrejas, que só ofendem a minha razão. Minha fé é estética. É um amor à beleza. A beleza é divina. Ao ouvir música de outras tradições percebo que Deus tem muitas belezas diferentes...

Escrevo teologia e não preciso acreditar que Deus existe. Quando vou à praia não necessito munir-me de provas da existência do mar e provas da existência do sol. Na praia não penso nem sobre o mar nem sobre o sol. Eu simplesmente gozo, usufruo. Quem precisa de provas da existência do mar e do sol são os habitantes dos infernos, onde não existem nem o sol nem o mar. Quem faz ciência de Deus não deve estar muito confiante: carência de calor, carência de azul...

Dou-me bem com meu pulmão. Respiro sem esforço. Por isso nunca penso no ar. Se eu fosse asmático, numa crise de falta de ar eu só falaria "Ar! Ar! Ar!". A gente fala daquilo que não tem. As pessoas que falam muito de Deus são asmáticas espirituais. Estão sempre com medo de que ele lhes falte.

Fé é um morango que se come pendurado num galho à beira do abismo, pelo gosto bom que tem, sem nenhuma promessa de que ele nos fará flutuar quando o galho quebrar...

"A saudade é o revés do parto. É arrumar o quarto do filho que já morreu." Qual a mãe que ama mais? Aquela que arruma o quarto porque o filho volta amanhã, ou aquela que arruma o quarto para o filho que nunca voltará? Os que mais amam a Deus são os que não acreditam que ele existe e, a despeito disso, continuam a ter saudades.

Vivo muito bem sem Deus. Mas não consigo viver sem o "mistério", sem o "sagrado", sem a beleza.

"As coisas que não existem são mais bonitas" (Manoel de Barros). A alma se alimenta de coisas que não existem. Coisas que não existem alimentam a beleza e a esperança.

Teologia é uma sonata tocada com palavras.

Todo teólogo deve ser bom músico.

Acho obscena a alegação de que temos de lutar pela justiça porque essa é a vontade de Deus. Quem luta pelos pobres porque Deus manda não ama os pobres. Tem é medo de Deus. Admiro aqueles que já trazem consigo esse sentimento de compaixão sem ter tido necessidade de ler sobre ele nos textos sagrados. Certamente porque Deus já mora dentro deles. Os outros, que precisam teologar primeiro, é porque Deus mora do lado de fora...

Um amigo é como uma árvore. Vive de sua inutilidade.
Pode até ser útil eventualmente, mas não é isso que o
torna um amigo. Sua inútil e fiel presença silenciosa
torna a nossa solidão uma experiência de comunhão.
Diante do amigo, sabemos que não estamos sós.
E alegria maior não pode existir.

Quero Deus como um artista que cata os cacos do meu vitral, partido por pedradas ao acaso, e os coloca de novo na janela da catedral, para que os raios de sol de novo por eles passem.

Deus é uma fonte de água cristalina. Dele só jorra bondade, faz o sol nascer sobre maus e bons, faz a sua chuva descer sobre justos e injustos. Assim, não se preocupe em ter ideias certas sobre Deus. Elas serão sempre um reflexo de sua própria alma. Nossas ideias sobre Deus não fazem a mínima diferença para ele.

Alguns não sabem brincar. Em vez de brincar, abrem seu baú cheio de ferramentas de trabalho. Mas a Criança não se interessa pela mala. Os chegantes se sentem ofendidos. Dizem que foram à escola para deixar de ser crianças e se tornarem adultos. Suas ferramentas são sua prova. A Criança lhes sorri e lhes diz que, naquela escola, eles não passaram. Não podem entrar no Paraíso. Ficaram de DP. "Voltem quando tiverem deixado de ser adultos. Retornem quando tiverem voltado a ser crianças..."

Vejo as pessoas religiosas fecharem os olhos para orar. Elas creem que, para ver Deus, é preciso não ver o mundo. Mas Deus se revela precisamente na alegria de ver. O Paraíso é uma dádiva de Deus aos olhos dos homens. O Paraíso é o rosto visível de Deus.

A cabeça é como uma taça que pode estar cheia ou vazia. Se estiver cheia com seus próprios pensamentos, todas as maravilhas do mundo lhe serão inúteis: derramarão pela borda, como a água que se derrama pelas bordas de um copo já cheio. Para poder ver é preciso parar de pensar.

JULHO | 27

Fé é um sentimento de confiança na vida:
flutuar num mar de amor, como se flutua na água.

Quando eu era menino, numa cidade do interior, quando alguém morria as igrejas faziam soar o repique fúnebre dos sinos. Não importava que fosse um desconhecido. Todo mundo ficava sabendo que em algum lugar se chorava. Abria-se um espaço sagrado – pois o sagrado é isto, ali onde os homens choram juntos.

Foi Jesus que disse aos fariseus, religiosos que viviam citando as Escrituras e tentando converter os outros, que as meretrizes entrariam no Reino dos Céus antes deles. E notem: Jesus não disse "meretrizes arrependidas". Entram as meretrizes mesmo e, atrás delas, entram também os fariseus hipócritas e tudo o mais que Deus criou. Um Deus que é todo amor não pode ter no seu universo uma câmara de torturas eternas em que as almas sofrem por pecados cometidos no tempo.

O Diabo é adulto vestido sempre a rigor. É sério. Não ri. Não sabe dançar. É o espírito de gravidade que faz todas as coisas afundarem. Deus é o contrário: criança de mãos dadas com um palhaço de circo. A oração começa com o riso. Deus é o espírito da leveza. Vento. Espírito. Ele faz todas as coisas voarem.

Não era são Francisco que pregava aos animais.

Seres perfeitos não necessitam de sermões.

Eram os animais que lhe ensinavam sabedoria.

Educadores

Pode ser que educadores sejam confundidos com professores, da mesma forma como se pode dizer: jequitibá e eucalipto, não é tudo árvore, madeira? No final, não dá tudo no mesmo?

Não, não dá tudo no mesmo, porque cada árvore é a revelação de um *habitat*, cada uma delas tem cidadania num mundo específico. A primeira, no mundo do mistério; a segunda, no mundo da organização, das instituições, das finanças. Há árvores que têm uma personalidade, e os antigos acreditavam mesmo que possuíam uma alma. Há outras que são absolutamente idênticas umas às outras, que podem ser substituídas com rapidez e sem problemas.

AGOSTO

Eu diria que os *educadores* são como as velhas árvores. Possuem uma face, um nome, uma "estória" a ser contada. Habitam um mundo em que o que vale é a relação que os liga aos alunos, sendo que cada aluno é uma "entidade" *sui generis*, portador de um nome, também de uma "estória", sofrendo tristezas e alimentando esperanças.

Mas *professores* são habitantes de um mundo diferente, onde o "educador" pouco importa, pois o que interessa é um "crédito" cultural que o aluno adquire numa disciplina identificada por uma sigla, sendo que, para fins institucionais, nenhuma diferença faz aquele que a ministra. Por isso mesmo professores são entidades "descartáveis", da mesma forma como há canetas descartáveis. De *educadores* para *professores* realizamos o salto de *pessoa* para *funções*.

O fato é que não dispomos de critérios para avaliar esta coisa imponderável a que se dá o nome de educação...

E é aqui que se encontra o problema: se não dispomos sequer de critérios para pensar institucionalmente a educação, como pensar o educador? *A formação do educador*: não existirá aqui uma profunda contradição? Plantar carvalhos? Como, se já se decidiu que somente eucaliptos sobreviverão? Plantar tâmaras, para colher frutos daqui a cem anos? Como, se já se decidiu que todos teremos de plantar abóboras, a serem colhidas daqui a seis meses?

RUBEM ALVE

A educação acontece entre a "Feira das Utilidades" e a "Feira da Fruição". Na "Feira das Utilidades" aprendemos fogo, panelas, facas, garfos – ferramentas necessárias para cozinhar. Na "Feira da Fruição" aprendemos a arte de cozinhar e de degustar. É aí que moram o prazer e a alegria. Há prazeres e alegrias na "Feira das Utilidades". Mas eles existem pelo gozo antecipado dos prazeres e alegrias da "Feira da Fruição".

A educação se divide em duas partes: educação das habilidades e educação da sensibilidade. Sem a educação da sensibilidade todas as habilidades são tolas e sem sentido.

A diferença entre professores e educadores está no olhar. Os olhos dos professores olham primeiro para os saberes. Seu dever é cumprir o programa. Depois eles olham para os alunos, para ver se eles aprenderam os saberes. Para professores, saberes são fins; alunos são meios. Os olhos dos educadores, ao contrário, olham primeiro para os alunos. Eles querem que os alunos "degustem" os saberes. Todo saber deve ser saboroso.

Conhecer por conhecer, conhecer tudo o que há para ser conhecido: esse é um estilo suíno de aprender.

Nietzsche disse que a primeira tarefa da educação é ensinar a ver. É a primeira tarefa porque é através dos olhos que as crianças pela primeira vez tomam contato com a beleza e o fascínio do mundo. Os olhos têm de ser educados para que a nossa alegria aumente. Os olhos das crianças não veem *a fim de*. Seu olhar não tem nenhum objetivo prático. Elas veem porque é divertido ver.

Há saberes na cabeça que paralisam os saberes inconscientes do corpo.

Poetas não podem ser treinados para ser poetas.
Técnicas de rima e métrica – isso é possível
ensinar. Mas a poesia vem com o vento...
É graça. Não é possível aprender a ser músico.

Os pedagogos, estudados nos saberes das várias teorias sobre ensino e aprendizagem, não são, por causa disso, educadores. A ciência do ensinar e do aprender não faz educadores. Da mesma forma como panelas, facas e colheres não fazem cozinheiros. Saberes são ferramentas úteis para quem já nasceu educador.

Pianos Steinway não fazem pianistas, embora
sejam indispensáveis àqueles a quem os deuses
deram a graça de serem pianistas, por
nascimento, antes de frequentarem qualquer
conservatório. O pianista, quando toca, nada
sabe, conscientemente, do que está tocando.
Ele se entrega ao saber que mora no corpo.
Se ele pensar, enquanto toca, tropeça...

Parte da sabedoria do corpo é a sabedoria de ensinar. O corpo sabe ensinar, naturalmente, e sabe aprender, naturalmente, da mesma forma como a aranha sabe fazer sua teia, o caramujo sabe fazer sua concha. Por centenas de milhares de anos os homens ensinaram e aprenderam naturalmente, com a sabedoria pedagógica que morava nos seus corpos.

Onde foi que a mãe aprendeu a ensinar o filho a andar? Em lugar algum. A arte de ensinar a andar, ela nasceu sabendo. O pai, da tela de Van Gogh, ensina seu filho a andar com seus braços estendidos e o seu sorriso. O corpo é sábio. O corpo é educador por graça, de nascimento. Não precisa de aulas de pedagogia.

Contou-me o jovem médico, residente de psiquiatria: "Me aguardava uma velhinha. Antes que eu dissesse qualquer coisa, ela tomou a iniciativa: 'Doutor, quero lhe fazer duas perguntas'. 'Pois não', eu disse. 'O senhor é dos médicos que dão remédio ou só falam para curar?' Respondi: 'Sou dos que só falam para curar'. Ela continuou: 'Agora, a última pergunta: essa conversa que cura, ela é aprendida na escola ou é graça?'". A velhinha sabia muito, sem saber. Há saberes que não se aprendem. Nascemos com eles, por graça dos deuses...

A fala dos professores pode ser aprendida nas escolas. Até os computadores sabem falar essa fala. Mas a fala dos educadores é "graça".

Os educadores pertencem à mesma classe dos poetas, dos artistas, dos que sabem a linguagem que cura. Educadores não se fazem. Eles nascem. Não é possível "capacitar" educadores...

O meu querido Paulo Freire que me perdoe. Ando na direção contrária. Ele inaugurou a "pedagogia da conscientização". Eu sugiro a "pedagogia da inconscientização". Só sabemos, realmente, com o corpo, aquilo que a cabeça ignora. Eu não falo e escrevo por ter consciência das leis da gramática...

Um meu amigo, professor de engenharia, comentou que se se matriculasse um computador num cursinho, ele tiraria sempre nota máxima em todos os testes, passaria em primeiro lugar no vestibular, "salvaria" na sua memória tudo o que fosse ensinado. Em tudo ele seria superior aos seus colegas humanos, menos num detalhe – uma pergunta ele não saberia responder: "De tudo o que você estudou e aprendeu, me diga: de que você mais gostou?". Saber sem sapiência: devorar tudo, suinamente.

O professor ensina a anatomia do mundo. O educador ensina a erótica do mundo. O educador quer acordar a anatomia erótica do corpo: "o máximo de sabor possível". O objeto do educador é o corpo do aluno. Ele deseja produzir um corpo que saiba sentir prazer e alegria.

O educador é cozinheiro que deseja iniciar o seu discípulo nos sabores do mundo – sabores que podem ser a contemplação da simetria de uma teia de aranha, o conhecimento do movimento dos planetas, a habilidade para resolver um problema teórico ou prático, a beleza de um poema...

A análise sintática me ensinou a ter raiva da literatura. Só muito mais tarde, depois de esquecer tudo o que aprendera na análise sintática, aprendi as delícias da língua. Aí, parei de falar os nomes anatômicos dos músculos da amada. Lia e me entregava ao puro gozo de ler.

Não basta que o aluno conheça o mundo. É preciso que ele deguste o mundo. Não basta que o aluno tenha ciência. É preciso que tenha sapiência. Sapiência é a arte da degustação. *Sapio* = eu degusto.

Sabe-se muito sobre regras de gramática e análise sintática. Mas onde está o prazer da leitura? Ler gastronomicamente, vagarosamente, por puro prazer, sem a obrigação broxante de ter de preencher um questionário de interpretação...

Os saberes – que os professores ensinam – nos dão meios para viver.
Os sabores – que os educadores despertam – nos dão razões para viver.

O educador é um mestre do *Kama Sutra*, manual de sabedoria erótica. São os prazeres e as alegrias que nos dão razões para viver. Brecht, sofrido, disse que o único objetivo da ciência era aliviar a miséria da existência humana. Mas isso não basta. Não basta aliviar a miséria. É necessário produzir a exuberância dos prazeres.

Os saberes são navios. Para construir navios é preciso ciência. Os portugueses no século XVI construíam 30 caravelas por mês. Tinham ciência. Aprenderam a ciência da construção de caravelas porque eram fascinados pelo navegar. "Navegar é preciso; viver não é preciso." Foi o sonho de navegar que gerou e pariu a ciência da construção de caravelas. A ciência é filha dos sonhos.

Caravelas não se fazem sem recursos econômicos.

Mas recursos econômicos não fazem caravelas.

Educação não se faz sem recursos econômicos.

Mas recursos econômicos não fazem educação.

É preciso o sonho. Recursos econômicos sem sonhos frequentemente dão à luz seres monstruosos...

Já li muitos livros sobre psicologia da educação, sociologia da educação, filosofia da educação, didática – mas, por mais que me esforce, não consigo me lembrar de qualquer referência à educação do olhar, ou à importância do olhar na educação, em qualquer um deles.

Ensinar a pesquisar: essa é uma das grandes alegrias do educador, somente comparável à do pai que vê o filho partindo sozinho como pássaro jovem que, pela primeira vez, se lança sobre o vazio com suas próprias asas. O professor vê o discípulo partindo para o desconhecido, para voltar com os mapas que ele mesmo irá fazer.

É possível ter o saber dos mapas dos mares do mundo sem nunca ter navegado, sem jamais ter tido o desejo de navegar. É possível saber anatomia sem jamais ter feito ou ter desejado fazer amor. É possível ter um saber sobre o mundo sem que jamais se tenha tido o desejo de mordê-lo.

Não é raro que o saber sobre o mundo seja uma desculpa para não viajar por ele: conhecer para não precisar tomar o risco. O mundo, conhecido através dos mapas, é espaço seguro. Viajar, ao contrário, é arriscado. "Navegar é preciso; viver não é preciso", disse o poeta. Quem toma o risco de navegar enfrenta o risco de não viver... O professor ensina mapas. O educador seduz para a navegação...

O objetivo último da educação é ajudar-nos a manter vivos os sonhos maravilhosos das crianças: ajudar-nos a brincar sem que nos machuquemos. O "adulto", educado na "Feira das Utilidades", é um servo da criança eterna.

Nunca houve tanta possibilidade de felicidade quanto agora. Aquilo que já sabemos chega para a gente fazer um paraíso na terra. E por que é que não o fazemos? Porque o conhecimento não basta. Sabedoria não se consegue com a soma de conhecimentos. As universidades estão cheias de doutores idiotas.

Amor

Depois de muito meditar sobre o assunto concluí que os casamentos são de dois tipos: há os casamentos do tipo tênis e há os casamentos do tipo frescobol. Os casamentos do tipo tênis são uma fonte de raiva e ressentimentos e terminam sempre mal. Os casamentos do tipo frescobol são uma fonte de alegria e têm a chance de ter vida longa. Explico-me. Para começar, uma afirmação de Nietzsche, com a qual concordo inteiramente. Dizia ele: "Ao pensar sobre a possibilidade do casamento, cada um deveria se fazer a seguinte pergunta: 'Serei capaz de conversar com prazer com essa pessoa até a minha velhice?'. Tudo o mais no casamento é transitório, mas as relações que desafiam o tempo são aquelas construídas sobre a arte de conversar".

SETEMBRO

Xerazade sabia disso. Sabia que os casamentos baseados nos prazeres da cama são sempre decapitados pela manhã, pois os prazeres do sexo se esgotam rapidamente e terminam na morte. Por isso, quando o sexo já estava morto na cama, e o amor não mais se podia dizer através dele, ela o ressuscitava pela magia da palavra: começava uma longa conversa que deveria durar mil e uma noites. O sultão se calava e ela fazia amor com ele por meio de palavras. É na conversa que o nosso verdadeiro corpo se mostra, não em sua nudez anatômica, mas em sua nudez poética.

O tênis é um jogo feroz. O seu objetivo é derrotar o adversário. Termina sempre com a alegria de um e a tristeza de outro. O frescobol se parece muito com o tênis: dois jogadores, duas raquetes e uma bola. Só que, para o jogo ser bom, é preciso que nenhum dos dois perca. Não existe adversário porque não há ninguém a ser derrotado. Aqui ou os dois ganham ou ninguém ganha. O erro de um, no frescobol, é um acidente lamentável que não deveria ter acontecido, pois o gostoso mesmo é aquele ir e vir, ir e vir, ir e vir... E o que errou pede desculpas; e o que provocou o erro se sente culpado. Ninguém ganha para que os dois ganhem. E se deseja então que o outro viva sempre, eternamente, para que o jogo nunca tenha fim... Há casais que conversam como quem joga tênis. Outros, como quem joga frescobol...

RUBEM ALVES

Quem não tem ciúmes não ama e não entende o que é o amor. O ciúme é a consciência de que o objeto amado é um pássaro. Pode voar a qualquer momento.

Ciúme é a dor no coração ao ver a pessoa amada dando adeus, na fantasia. A cena do pássaro voando é dilacerante. Porque, no ciúme, ele voa para outro...

Ciúme não é falta de confiança na pessoa amada. Confio que a pessoa amada nunca me trairá com o seu corpo: conheço o seu caráter. Mas não posso confiar nos seus sentimentos. Não somos donos dos sentimentos: eles se encontram além da nossa vontade.

O apaixonado pensa que seu amor será eterno. É preciso não estar apaixonado para compreender que a paixão é bolha de sabão: linda e efêmera. Não é possível confiar na eternidade do amor.

Somente os pássaros engaiolados são dignos de confiança. Pássaros engaiolados não fogem. Mas ao se engaiolar o pássaro, perde-se a beleza do seu voo, que era o que se amava.

Pássaros engaiolados transformam-se em patos gordos. Patos gordos são dignos de confiança: não podem e não querem voar. Os espaços vazios não os fascinam. Nunca olham para cima, só para baixo. Nem sabem da existência do céu. Já os pintassilgos são indignos de confiança. Sabem voar. Basta que a porta da gaiola se abra para que voem.

Mais fundamental que o amor é a liberdade.

A liberdade é o alimento do amor.

O amor é pássaro que não vive em gaiolas.

Basta engaiolá-lo para que ele morra.

Ter ciúme é reconhecer a liberdade do amor.

O desejo de liberdade é mais forte que a paixão.

Pássaro, eu não amaria quem me cortasse as asas.

Barco, eu não amaria quem me amarrasse no cais.

O ouvido é feminino, vazio que espera e acolhe, que se permite ser penetrado. A fala é masculina, algo que cresce e penetra nos vazios da alma. Segundo antiquíssima tradição, foi assim que o deus humano foi concebido: pelo sopro poético do Verbo divino, penetrando os ouvidos atentos de uma Virgem.

Quem quer que tente entender uma carta de amor pela análise da escritura estará sempre fora de lugar, pois o que ela contém é o que não está ali, o que está ausente. Qualquer carta de amor, não importa o que se encontre nela escrito, só fala do desejo, da dor da ausência, da nostalgia pelo reencontro.

Uma carta de amor é um papel que liga duas solidões.
A carta de amor é o objeto que o amante faz para tornar suportável o seu abandono.

Um rito acontece quando, não bastando as palavras para dizer a beleza, elas se transformam em gestos. O rito é um poema transformado em festa!

Os ritos do casamento podem ser de dois tipos.
O primeiro rito, conhecido por todos, é feito
com gaiolas e promessas. O segundo, secreto,
é feito com o voo das aves...

SETEMBRO | 15

Promessas são palavras que se dizem para engaiolar o futuro. Dentro das promessas há sempre um pássaro engaiolado.

Posso prometer atos: proteção, companhia, cuidado. Não posso prometer sentimentos. "Eu sei que vou te amar, por toda a minha vida eu vou te amar..." É lindo mas não é verdade.

Atos futuros podem ser prometidos.
Sentimentos só podem ser cantados
no presente.

Quando a paixão acontece é aquela felicidade imensa, aquela certeza de eternidade. Ah! Como os apaixonados desejam sinceramente que aquela felicidade não tenha fim... Mas o amor, pássaro, de repente bate as asas e voa... O amor é sentimento, e os sentimentos não podem ser transformados em monumentos.

Há quem pense que o objetivo do jogo amoroso
é o orgasmo. Outros pensam que é a fecundação.
Os amantes sabem diferente. Sabem que o
objetivo do jogo amoroso é ele mesmo, o prazer
e a alegria de estar brincando.

A conversa é uma metáfora dos jogos amorosos.

Quem não sabe conversar não sabe transar.

Casais, brigando, estão jogando tênis: o que um deseja é dar uma cortada e tirar o outro da jogada. Casais que estão amando jogam frescobol. O que importa é ir e vir, ir e vir, ir e vir, sem fim...

O orgasmo é o fim do desejo. O que os amantes buscam, nos jogos amorosos, é o mesmo que Babette buscava, ao cozinhar. Ela não cozinhava para matar a fome. Ela cozinhava para aumentar a fome. Evangelho dos amantes: "Bem-aventurados os que têm fome porque terão mais fome...". Que o banquete não acabe nunca! Quem só quer o orgasmo tem hábitos sexuais suínos...

Conta-se de um homem que amava apaixonadamente uma mulher que a morte levara. Desesperado, apelou para os deuses, pedindo que usassem seu poder para lhe devolver a mulher que tanto amava.
Compadecidos, eles lhe disseram que devolver a sua amada eles não podiam. Nem eles tinham poder sobre a morte. Mas poderiam curar o seu sofrimento. Poderiam fazer com que ele a esquecesse. Ao que ele respondeu: "Tudo, menos isso. Pois o sofrimento é o único poder que a mantém viva, ao meu lado".

Quem pensa que a finalidade do sexo é a reprodução – como certos grupos religiosos – nunca leu o livro sagrado *Cântico dos cânticos*. Ali o sexo é cantado como uma simples expressão de amor.

O que é um homem? Um homem é um vazio, o desejo por uma mulher. O que é uma mulher? Uma mulher é um vazio, o desejo por um homem...

"Desiderata" – um texto sapiencial antigo (esse nome quer dizer rol de coisas que se desejam) – diz que o amor "renasce tão teimosamente quanto a tiririca". Tiririca, você sabe, é praga de jardim. Quando uma tiririca aparece, o jardim está perdido. Não adianta arrancar. Ela vai aparecer em outro lugar. Assim é o amor.

No fundo da alma está um quadro: é uma cena de felicidade. O amor acontece quando, repentinamente, ao ver um rosto, temos a convicção de estar encontrando o rosto que está na cena de felicidade da alma: "Quando te vi amei-te já muito antes. / Tornei a achar-te quando te encontrei. / Nasci pra ti antes de haver o mundo." (Fernando Pessoa).

Amamos uma pessoa porque a sua imagem se insere na cena de felicidade que havia na memória "antes de haver o mundo"... A paixão acontece quando o rosto real à minha frente coincide, na minha fantasia, com a imagem perdida que busco para completar a cena.

Há um ser pornográfico que se desnuda sem pudor sob a luz do sol a pino. Mas há um outro ser que foge do excesso de luz. É o ser amoroso. O amor precisa da luz das velas. O ser erótico prefere despir-se com pouca luz.

O amor é doloroso, cheio de incertezas. Discreto tocar de dedos, suave encontro de olhares: coisa deliciosa, sem dúvida. E é por isso mesmo, por ser tão discreto, por ser tão suave, que o amor se recusa a segurar. O amor não se vale de gaiolas. O amor, para existir, precisa do ar da liberdade.

Poesia

A poesia não é uma expressão do ser do poeta.

A poesia é uma expressão do não ser do poeta. O que escrevo não é o que tenho; é o que me falta. Escrevo para me completar. Minha escritura é o pedaço arrancado de mim. Escrevo porque tenho sede e não sou água. Sou pote. A poesia é água. O pote é um pedaço de não ser cercado de argila por todos os lados, menos um. O pote é útil porque ele é um vazio que se pode carregar. Nesse vazio que não mata a sede de ninguém pode-se colher, na fonte, a água que mata a sede. Poeta é pote. Poesia é água. Pote não se parece com água. Poeta não se parece com poesia. O pote contém a água. No corpo do poeta estão as nascentes da poesia.

OUTUBRO

Não. Não escrevo o que sou. Sou pedra. Escrevo pássaro. Sou tristeza. Escrevo alegria. A poesia é sempre o reverso das coisas. Não se trata de mentira. É que somos seres dilacerados. O corpo é o lugar onde moram as coisas amadas que nos foram tomadas, presença de ausências; daí a saudade, que é quando o corpo não está onde está. O poeta escreve para invocar essa coisa ausente. Toda poesia é um ato de feitiçaria cujo objetivo é tornar presente e real aquilo que está ausente e não tem realidade. *"Like a bridge over troubled water..."* O que escrevo é uma ponte de palavras que tento construir para atravessar o rio.

RUBEM ALVES

Foi um poeta que me ensinou. Mostrei-lhe meus textos. "Luz demais, luz demais", ele reagiu com desgosto. "Você não sabe que uma ideia clara faz parar a conversa, enquanto uma ideia mergulhada na sombra dá asas às palavras e a conversa não tem fim?"

Há palavras que crescem a partir de dez mil coisas.
Há palavras que crescem a partir de outras palavras.
Seu número não tem fim. Mas há uma palavra que brota do silêncio. Essa é a Palavra que é o começo do mundo. "No princípio era a Palavra…"

Conclusões são chaves que fecham. Cada conclusão faz parar o pensamento. Palavras não conclusivas deixam abertas as portas das gaiolas para que os pássaros voem de novo. Cada palavra deve ter reticências, para o pensamento continuar seu voo...

Não é significativo que a língua inglesa chame as bebidas alcoólicas pelo nome de *spirits*? Donde essa curiosa sugestão? Penso que ela tem origens religiosas. No Pentecostes, os discípulos foram possuídos pelo Espírito Santo, falaram e entenderam línguas que até então lhes eram desconhecidas, e os circunstantes tiveram a nítida impressão de que estavam bêbados.

Pentecostes é loucura, nonsense, a quebra das regras familiares de compreensão, a revelação de um conhecimento que havia permanecido oculto até então, é Babel ao contrário. A sabedoria emerge da loucura. Aquilo a que damos o nome de "realidade" é "feitiço". "É preciso fazer parar o mundo", dizia D. Juan, o bruxo. Se isso não acontecer, ele não poderá ser visto com olhos diferentes.

Minha leitura é não leitura, meus textos, pretextos: gaiolas feitas com palavras sem nada dentro; portas abertas, cujo propósito é criar o vazio para que a Palavra esquecida se diga. Na verdade, pouco importa o que digo e escrevo. O que importa são as palavras que se dizem, vindas das funduras de quem lê.

Estórias são como poemas. Não são para ser entendidas. O que é entendido nunca é repetido. O entendimento esgota o sentido da palavra. Deixa-a vazia com nada mais a ser dito. Quando uma palavra é entendida segue-se um silêncio morto.

Poemas não são para ser compreendidos. Compreensão é uma entidade que habita o consciente. Mas os poemas são peixes das funduras onde não há compreensão. No fundo do mar a boca está fechada e os olhos estão abertos. O poeta não escreve para ser compreendido. Escreve para pintar os cenários que vê. Poemas são para ser vistos. O poeta escreve para abrir os olhos...

As estórias são como uma sonata. As crianças exigem que as estórias sejam repetidas da forma como as ouviram pela primeira vez. O conhecimento, uma vez dito, não precisa ser repetido. Mas a música, se bela, exige a repetição. As estórias não são conhecimento. São música.

A roda só pode ajudar porque seu coração é um vazio.
O vaso só pode conter a água por causa do vazio que ele possui.

O pensamento exige o vazio, pois é nele que o inesperado aparece. Algo que era sabido por aqueles que construíram as catedrais góticas: as paredes, os relevos, as esculturas, os vitrais – todos eles construídos para trazer à existência um espaço vazio. "Pensar", diz Octavio Paz, "é produzir o vazio para que o ser aflore".

A psicanálise nasceu com a descoberta de que as palavras são cheias de silêncio. Aqueles que só entendem o que é falado ou escrito não entendem coisa alguma: a letra mata.

O corpo fala línguas ininteligíveis: glossolalia. A verdade vive no avesso daquilo que é conhecido com familiaridade. Sabedoria é loucura, loucura é sabedoria.

Todas as palavras, tomadas literalmente, são falsas. A verdade mora no silêncio que existe em volta das palavras. Prestar atenção ao que não foi dito, ler as entrelinhas. A atenção flutua: toca as palavras sem cair em suas armadilhas, sem ser por elas enfeitiçada. Cuidado com a sedução da clareza! Cuidado com o engano do óbvio!

Muito antes da psicanálise, os poetas o sabiam. Os poetas buscam as palavras que moram no silêncio. A poesia é um mergulho no lago misterioso, para longe dos reflexos luminosos que aparecem na superfície. O poeta mora nas funduras onde as palavras nascem e vivem...

O silêncio é o espaço onde as palavras nascem e começam a se mover. Por vezes as palavras existem porque as dizemos. Dependem de nossa vontade: pássaros engaiolados. Mas no silêncio ocorre uma metamorfose. As palavras se tornam selvagens, livres. Elas tomam a iniciativa. Só nos resta ver e ouvir.

As palavras poéticas nos vêm como emissárias de um outro mundo, um mundo que não havíamos visitado antes. Não! Talvez o tenhamos visitado! Talvez tenhamos nascido nele! Mas foi esquecido quando o brilho dos reflexos ofuscou as nossas origens. Cada poema é um testemunho desse mundo perdido.

Prosa: nenhum lugar protegido pela sombra, nenhum canto escuro, nenhum mistério. Visibilidade total. Os contornos devem ser definidos com clareza. Os sentidos devem ser declarados sem ambiguidades, sem intervalos em seus interstícios. Pensa-se que, assim, o ideal da comunicação perfeita foi atingido. O professor ideal, o preletor perfeito.

"O que é que você queria *precisamente dizer*?" – essa é a pergunta do professor de filosofia. Mas a visibilidade total é totalitária: ela enche os espaços interiores da alma com imagens de fora, e assim a verdade que mora escondida é forçada a permanecer em silêncio. Em linguagem psicanalítica: repressão.

A visibilidade total coloca a alma à mercê dos olhos. Os olhos são entidades persecutórias. Os deuses cruéis têm seus olhos permanentemente abertos, sem pálpebras. Não se fecham nunca. Neblinas e nuvens, ao contrário, são generosas: elas são uma recusa de ver e de dizer; elas abrem um espaço vazio de silêncio. E, assim, as tímidas criaturas que moram dentro de nossos mares e florestas aparecem, protegidas pelas sombras.

"Penso, logo existo. Estou onde penso": assim ensina a filosofia. No mundo da poesia e da psicanálise esse mundo se inverte. "Onde eu penso, lá não estou. Estou onde não penso. As palavras que sei não são a minha verdade. Meu ser mora no lugar do esquecimento."

Minha filha, quando pequena, me perguntava sempre se a estória que eu começava a contar havia acontecido de fato. E eu não sabia o que dizer. Como poderia eu lhe explicar que as estórias não haviam acontecido nunca para que acontecessem sempre?

As estórias são como a música. Não se pergunta de uma sonata: "Será que ela aconteceu?". Não, ela nunca aconteceu. Uma sonata não é um retrato de algo acontecido. Aquilo que aconteceu está para sempre perdido no passado. Uma estória traz à vida algo que não pertence ao tempo; pertence à eternidade: o eternamente presente.

O corpo: uma fina camada de carne tecida sobre o abismo da beleza, cuja única evidência é a palavra.

Todas as vezes que a estória é recontada, que as palavras são recitadas, que a melodia é de novo ouvida, que o mito é repetido, voltamos às nossas origens: a carne estremece ao ouvir os sons que invocam as imagens de nossa beleza perdida.

A palavra é masculina: a fala se projeta como fálus, eleva-se e penetra, a fim de dar prazer e engravidar. Pela palavra introduzo meu sêmen em outro. O ouvir é feminino. O ouvido é um vazio, concha, um convite à palavra que lhe trará prazer e vida.

"Seminário", de sêmen – uma ejaculação de sementes. As mulheres protestariam justamente contra esse "machismo". Sugerem: "Por que não 'ovário'?". Sim. De que valeria a ejaculação de sementes se não houvesse um ovário que as acolhesse para transformá-las em vida?

Em tempos antigos, quando se escrevia em couro, costumava-se apagar um texto a fim de escrever um texto novo. Quando se percebia que nada do antigo texto restava, fazia-se uma nova escrita. Mas, na fundura do couro o texto antigo permanecia, invisível. Hoje, graças a técnicas modernas, ele pode ser recuperado. Eram os palimpsestos: couro sobre o qual muitos textos eram escritos. Nossos corpos: palimpsestos...

Eu lido com minhas palavras da mesma forma como o cozinheiro lida com a comida que ele prepara... Lições como festas gastronômicas... Professor, cozinheiro...

O cozinheiro vive de ausências. O fogo está sempre aceso e as panelas estão sempre fervendo na sua imaginação. Seus olhos veem cores invisíveis, seu nariz sente cheiros ausentes, sua boca sente o gosto de gostos inexistentes. E seu corpo é possuído pela comida que ele ainda não preparou. Sua imaginação é uma cozinha e um banquete. Ele vive no futuro, no prato que não existe.

Se fôssemos escrever um livro com o título de "Crítica da razão culinária" é certo que o primeiro capítulo seria dedicado à fome. A primeira tarefa do cozinheiro, a primeira tarefa do professor: produzir fome...

O escândalo da psicanálise se deve ao seu parentesco com a feitiçaria. Ela se inicia com o reconhecimento de que o sintoma, a ferida aberta no corpo do paciente, não foi produzido por coisa alguma física. O doente foi enfeitiçado por palavras que agora tomaram posse do seu corpo: demônios.

Política

Santo Agostinho disse que "povo é um conjunto de pessoas racionais unidas pelo mesmo sonho".
O Geraldo Vandré disse a mesma coisa, com poesia diferente: "Caminhando e cantando e seguindo a canção". É isso: há de haver uma canção que todos cantem e que indique o caminho. O Chico, nos anos da ditadura, esperto como ele só, falou de um jeito que os milicos não entenderam (milicos e cientistas são duros de entender metáfora. Sobre os milicos eu já sabia. Sobre os cientistas aprendi na última reunião da SBPC). Falou de uma *Banda*. "Estava à toa na vida, o meu amor me chamou pra ver a banda passar cantando coisas de amor." Aí ele desanda a falar do faroleiro que contava vantagem,

NOVEMBRO

da namorada que contava as estrelas, do homem rico que contava o dinheiro, da moça feia debruçada na janela, cada um com o seu sonho pequeno. Mas foi só a *Banda* tocar para que cada um deles se esquecesse dos sonhos pequenos por amor ao grande sonho. Começaram a seguir a *Banda*: viraram povo. Um povo nasce quando as pessoas trocam seus sonhos pequenos (individuais) por um sonho grande (comum).

Um líder político é aquele que ajuda um povo a nascer. Mas um povo só nasce quando os indivíduos são seduzidos por um sonho de beleza. A beleza do sonho é a comida que mantém a vida do povo.

RUBEM ALVES

Vocação é um chamado interior de amor. Amor, não por um homem ou por uma mulher, mas por um "fazer". Esse "fazer" marca o lugar onde o vocacionado quer fazer amor com o mundo. Ali, no lugar do seu "fazer", ele deseja penetrar, gozar, fecundar. Psicologia de amante: faria, mesmo que não ganhasse nada. Faria, mesmo que o seu fazer o colocasse em perigo. Muitos amantes morreram por causa de efêmeros momentos de gozo num amor proibido.

De todas as vocações, a política é a mais nobre.

A vocação política é uma paixão por um jardim. Ao contrário dos gregos, que amavam a cidade, os hebreus amavam um jardim. Quem mora no deserto sonha com oásis. Assim, o seu Deus não era um urbanista; era um jardineiro. Se perguntássemos a um profeta hebreu "o que é política?", ele nos responderia, "a arte da jardinagem aplicada às coisas públicas".

O político por vocação é um apaixonado pelo grande jardim para todos. Seu amor é tão grande que ele abre mão do pequeno jardim que ele poderia plantar, para si mesmo. De que vale um pequeno jardim se à sua volta está o deserto? É preciso que o deserto inteiro se transforme em jardim.

NOVEMBRO | 4

É uma vocação tão feliz que Platão sugeriu que os políticos não precisariam possuir nada como propriedade privada. Não faz sentido ter um jardim privado quando se é jardineiro do grande jardim. Seria indigno que o jardineiro tivesse um espaço privilegiado, melhor e diferente do espaço ocupado por todos. As leis para o político são as leis para todos.

Vocação é diferente de profissão. O homem movido pela vocação é um amante. O profissional, ao contrário, não ama a mulher; ele a usa para vantagem própria. É um gigolô.

Todas as vocações podem ser transformadas em profissões: o jardineiro por vocação dá a vida pelo jardim de todos; o jardineiro por profissão usa o jardim de todos para construir seu jardim privado.

De todas as profissões, a profissão política é a mais vil.

Nada me horroriza mais que os filmes de ficção científica em que a vida acontece em meio aos metais, à eletrônica, nas naves espaciais que navegam pelos espaços siderais vazios... E fico a me perguntar sobre a loucura que levou aqueles homens a abandonar as florestas, as fontes, os campos, as praias, as montanhas...

Mais belos que os descobrimentos de origens são os descobrimentos de destinos. Os descobrimentos de origens olham para o passado. Os descobrimentos de destinos olham para o futuro.

O artista toma a pedra, o ferro, as tintas, os sons, e neles torna sensível o seu sonho de beleza. A arte da política poética seria uma arte maior, pois que nela não se lida com pedra, ferro, tinta e sons. A matéria-prima da arte política são a carne e o sangue. Nem ela pode usar o cinzel, o fogo, os pincéis para produzir o belo. Dispõe-se apenas do mais diáfano de todos os instrumentos: a palavra. É na palavra que os mundos começam.

O futuro mora na palavra poética que anuncia uma beleza ausente.

Há uma política que nasce do poder. Mas há uma outra que nasce da beleza. Muitos guerreiros são filhos da poesia!

Assim vive o guerreiro nascido da beleza: com um olho ele vê a escuridão e a dor. Com o outro ele vê a luz e a alegria. Ele é guerreiro para que o sonho do poeta triunfe.

A tarefa de um líder político é mais que administrar coisas: é criar um povo. Um povo se faz com ideias que dão sentido à vida em comum. Um povo se alimenta de utopias. "Não só de pão viverá o homem, mas de palavras..."

As estrelas não serão alcançadas nunca. Mas como as noites seriam tristes sem elas... E como poderiam os marinheiros encontrar o seu caminho? E o que seria dos apaixonados? Para se acreditar numa lenda muito antiga é preciso seguir a luz de uma estrela inatingível para se chegar ao lugar onde nasceu o rei-criança, o Messias... Assim são as utopias.

Plantar um pequeno jardim é coisa fácil. Meu corpo é forte o bastante para fazer isso. Mas meu pequeno espaço não é suficiente para satisfazer a minha fome de alegria. Meu pequeno jardim é apenas um aperitivo individual de um grande jardim de todos.

A recriação do Paraíso exige os sonhos e o trabalho de muitos, de um povo inteiro. E isso é política.

Não temos um povo porque a nossa gente parou de sonhar.

Sabe o poeta que a tarefa fundadora da política não é a tomada do poder, mas a geração de um povo. Mas um povo só vem a existir quando indivíduos separados se descobrem participantes de um mesmo sonho de beleza.

A política depende da arte de conseguir aliados. Aliados são aqueles que sonham com a mesma utopia. Conspiradores são "aqueles que respiram o mesmo ar"...

Os políticos profissionais e os seus irmãos gêmeos, os homens de negócios, nunca falam sobre amor. Se o fazem, podemos estar certos de que estão falando sobre alguma outra coisa. O amor não é nunca a fonte e o objetivo do que fazem. O amor é sempre um meio para o poder. A isca de amor tem sempre um anzol de aço escondido no seu interior.

Um líder é alguém que vê os sonhos das pessoas e os transforma em palavras e gestos. No líder o povo vê os seus sonhos sob a forma de uma pessoa. Assim aconteceu com todos os grandes líderes políticos. Gandhi, Kennedy, Martin Luther King Jr. e Hitler, que mobilizou um povo com três ideias maravilhosas: limpeza, saúde e beleza. Também o Diabo produz líderes políticos...

Por oposição aos políticos profissionais que somente entendem a linguagem do poder, os poetas acreditam no poder da linguagem e sabem que é dela que nascem os mundos.

Os políticos mais bem-intencionados entregam-se ao trabalho de fazer um mundo melhor. Somente os poetas sabem que mundos melhores não se fazem. Eles nascem.

Não estou dizendo que a política é feita por homens maus. Se assim fosse, bastaria trocar os maus pelos bons, e a política estaria salva! Estou dizendo que o poder tem uma lógica toda sua, na qual não penetram nem as razões da ordem da verdade, nem as razões da ordem da beleza, nem as razões da ordem da bondade. Não são os homens que jogam o jogo do poder; é o poder que joga com os homens.

Num momento de inspiração poética Marx reconheceu o parentesco entre a política e a jardinagem. E disse que no guerreiro mora a esperança de quebrar as correntes para que a flor viva possa ser colhida.

Palavras de Marx: "Os filósofos têm somente interpretado o mundo, de várias formas; mas o que importa, entretanto, é transformá-lo". Minha tradução culinária: "Os filósofos têm somente se dedicado a ver o mundo, de várias formas; mas o que importa, entretanto, é comê-lo". A culinária de Marx tinha o nome de política. Política é a cozinha – fogo, panelas, facas e garfos – na qual os famintos fazem a sua sopa.

O poder é um demônio que não dá descanso, não havendo exorcismo que o resolva. Totalitário, ele se apossa do corpo e da alma; exige tempo integral. Tal qual são Jorge, que passa os dias e as noites lutando com um dragão que ressuscita a cada manhã. O poder consome, não deixando tempo para as coisas que são essenciais.

Talvez, então, se os políticos por vocação se apossarem do jardim, poderemos começar a escrever uma nova história que não recorda o passado, mas uma história que celebra o futuro. Mas isso só acontecerá se os lenhadores e madeireiros forem expulsos e substituídos pelos jardineiros. Então, em vez de deserto e jardins privados, teremos um grande jardim para todos, obra de homens que tiveram o amor de plantar árvores a cuja sombra nunca se assentariam...

É preciso obedecer à voz interior da verdade. Contra a loucura forte dos homens de guerra só resta a loucura mansa dos homens de paz.

O ENVELHECER

Quando se vive sob a luz da manhã, ainda há muito tempo pela frente, e se pensa que a vida começará a ser vivida depois de havermos colocado a casa em ordem. Há tanta coisa para ser feita! Felizmente sabemos que as nossas mãos transformarão o mundo! Marx nos ensinou que é isso o que importa. E a boca se enche de palavras de ordem e de imperativos éticos e políticos. Ser cristão é fazer!
Quando se vive sob a luz crepuscular – a hora do Angelus –, sabe-se que o trabalho ficou inacabado, o trabalho fica sempre inacabado, o tempo se encarrega de desfazer o que fizemos, as mãos ficam diferentes, deixam de lado as ferramentas, retorna-se ao lar, corpo e alma "voltam ao reduto da familiaridade".

DEZEMBRO

Ao meio-dia se fazem trabalho e política. Ao crepúsculo se faz poesia. Ao crepúsculo se sabe que não seremos salvos pelas obras. Ao crepúsculo se retorna à verdade evangélica e protestante que afirma que somente a Palavra nos salvará. Ao crepúsculo comemos palavras: é a hora sacramental, a hora da poesia. Ao crepúsculo se sabe que o que importa é "ser", simplesmente "ser"...

RUBEM ALVES

Altar é um lugar onde os olhos, ao verem as coisas que se podem ver, veem também outras. Ao ver o meu jardim penso que também eu cresço nele, ao lado das árvores e folhagens. Sou um irmão de couves e jabuticabeiras: meu corpo é um filho da terra. E é por isso que fico contente ao ver meu jardim feliz.

Fico pasmado ao ver aquelas casas em que os jardins foram substituídos por lajotões. Fazem isso para evitar a terra. Terra é sujeira. Perderam a memória de suas origens. Preferem o cimento, aquilo com que se fazem sepulturas.

Na minha rua havia um ipê-roxo. Um dia passei lá e, para meu horror, vi que tinham cortado uma cinta na sua casca, volta toda, para que morresse: era como cortar as veias de uma pessoa viva. As flores sujavam o chão. Imagino que, se pudessem, plantariam no lugar uma árvore de plástico. O ipê está morto, sem folhas. E com certeza a pessoa que o matou está feliz, por não mais ter que varrer a calçada. Mas, para mim, terra não é sujeira: é origem, é destino.

Nascemos da terra. Somos nada mais que a terra modificada, misturada com a água, com o ar, com o fogo, como pensavam os filósofos de muitos séculos atrás. Terra, pedaço do meu corpo, meu corpo além da minha pele, seio em que me alimento, e, se ele secar, eu morro. Pois é, são ideias como essas que me vêm à cabeça quando fico ali diante do meu altar, minha horta, meu jardim...

Quando chovia, depois de muito sol quente, meu pai gostava de ficar na janela da casa velha, lá em Minas, vendo as plantas do quintal, cada uma delas fazendo os gestos que sabia. Os tomateiros, hortelãs e manjericão, exalando seus perfumes. As folhas de couve e de espinafre, brincando de juntar gotas d'água, grandes e brilhantes. As árvores e os arbustos, executando seus passos de dança, balançando as folhas, sob os pingos qu caíam... Ele olhava, sorria, baforava o seu cachimbo e dizia: "Veja só como estão agradecidos...".

Continuo a viver no mundo mágico da minha infância. As plantas são minhas irmãs e companheiras e amam a doçura da vida tanto quanto nós. Não sei se isso é verdade. Mas sei que é belo... E também a vida fica mais bonita; pensar que não estamos sozinhos, que não somos os únicos seres que importam, que este mundo maravilhoso em que vivemos é misterioso, todas as coisas vivas ligadas umas às outras, partes de um mesmo corpo... O meu corpo não termina na minha pele. Ele se estende pelo espaço sem fim.

Tudo o que vemos são pedaços arrancados do nosso corpo. O ar, a água, a comida são extensões de nós mesmos. Mas isso não chega. Não basta viver. É preciso que haja beleza. Uma gota de orvalho não me faz viver ou morrer. Mas sua magia me enche de gratidão, e penso que valeu a pena o universo ter sido criado por causa daquele milagre fugaz.

Olho os céus estrelados. Lá está Sírius, a estrela mais brilhante. Sua luz não me faz viver ou morrer. Afinal, ela está tão longe... Mas ela desperta, no meu corpo, pensamentos sobre eternidades que já passaram e sobre o tempo em que eu terei passado e ela continuará a brilhar. Como é belo este mundo!

Fico triste pensando que, morrendo, não estarei mais aqui para cuidar dessas coisas e para dizer a elas que elas são belas. Gostaria que alguém houvesse que delas cuidasse. Dizem que isso é bobagem. Morreu, acabou. Mas, por enquanto, estou vivo, e não posso deixar de pensar naqueles que tomarão o meu lugar. Desejo que as coisas que eu amo continuem a ser amadas e cuidadas, mesmo depois da minha partida.

O mundo está cheio de pessoas simples e nobres, capazes dos gestos mais loucos por pura fidelidade à sua verdade. A vida, pelo mundo todo, e a despeito da morte que vai comendo corpos, florestas, mares e rios, continua a se afirmar teimosamente como uma planta que nasce numa fenda de rocha.

Cada fruta tem um humor específico. Maçãs e peras são sérias, não contam piadas, e são próprias para aparecer em reuniões de pessoas graves. Cocos são chatos, sem assunto. A jaca é uma enorme gargalhada. Enquanto jabuticabas, pitangas, caquis são frutas brincalhonas. Até acho que a fruta proibida, no Paraíso, não foi maçã, como muitos dizem, mas foi caqui. Existirá coisa mais erótica? Já as uvas têm um ar de nobreza, combinam com música erudita.

Quando a terra é realmente propriedade, algo que é próprio ao corpo, ela está constantemente sendo transformada em vida. Mas, quando a terra é mais do que o meu corpo necessita, ela deixa de ser vida, e se transforma em lucro. Lucro é aquilo que não foi consumido pela vida. Se fosse vida teria que ser consumido, transformado em alimento.

Nós somos as coisas que moram dentro de nós. Por isso há pessoas que são bonitas. Não pela cara, mas pela exuberância do seu mundo interno. Há a estória da linda princesinha que foi enfeitiçada e, sempre que abria a boca, dela só saíam cobras, sapos e lagartos. Outras, quando falam, delas sai um arco-íris.

Alegria é o que acontece com o corpo quando ele se encontra com aquilo que desejava. Coisa simples e efêmera... Brecht, num momento de grande depressão, escreveu um poema para lembrar-se das alegrias ao seu redor, a que deu o nome de "Felicidades". É bom que seja assim, felicidades, no plural. Porque ela não é uma e final. Sempre pequenas e passageiras.

Felicidade é discreta, silenciosa e frágil, como a bolha de sabão. Vai-se muito rápido, mas sempre se podem assoprar outras.

Os poetas são aqueles que, em meio a dez mil coisas que nos distraem, são capazes de ver o essencial e chamá-lo pelo nome.

A vida, para ser, leva tempo, demanda paciência, exige cuidados, há que esperar. Mas a morte vem súbita e definitiva. Uma árvore leva anos a crescer. O machado a abate em poucos minutos.

A primavera é linda, cheia de cores, cios e odores. Mas não me comove. Não encontro nela lugar para a saudade. Por isso lhe falta aquela gota de tristeza, que mora em toda obra de arte. É que ela existe na paradisíaca inconsciência do fim...

O verão é diferente. Excita meu lado de fora, e me transforma em sol, céu, mar. Misturo-me com seu universo luminoso, quente e suarento, cheio de cachoeiras e limonadas geladas. Tudo me convida a não pensar. A só rir, gozar, usufruir...

Mas o outono me chama de volta. Devolve-me à minha verdade. Sinto então a dor bonita da nostalgia, pedaço de mim de que não posso me esquecer... O céu, azul profundo, as árvores e a grama de um outro verde, misturado com o dourado dos raios de sol inclinados. Tudo fica mais pungente ao cair da tarde, pelo frio, pelo crepúsculo, o que revela o parentesco entre o outono e o entardecer. O outono é o ano que entardece.

Pôr do sol é metáfora poética, e se o sentimos assim é porque sua beleza triste mora em nosso próprio corpo. Somos seres crepusculares.

Gosto de ver os balões que sobem... Sei que são proibidos. Mas são belos. Não ficariam bonitos nem de manhã, nem ao meio-dia. São entes do crepúsculo. É preciso que a luz já esteja indo para que sua beleza (e riso) apareça, ao entardecer. Cada balão não será isto? Um grande riso ao cair da noite...

Felicidade é, sempre, recuperar aquilo que se perdeu. Quero recuperar este mundo maravilhoso que me escapa como água entre os dedos.

Quando o tempo passa saímos das planícies e nos dependuramos sobre o abismo. Quem nunca se pendurou sobre o abismo não compreende a beleza dos campos.

Nos poemas sobre o nascimento de Jesus há a estória dos Magos. O texto não diz que eram reis. Eram sábios, astrólogos: olhavam para cima, observavam os astros no céu para aprender a sabedoria da terra. Pois a estória tem um fim surpreendente: sua longa jornada em busca da sabedoria seguindo a luz da estrela termina quando eles olham para uma criança deitada numa manjedoura. Na criança dormia o divino sentido da vida.

Tristeza é isto, quando o belo e a despedida coincidem. O que revela o nosso próprio segredo, dilacerado entre o belo, que nos tornaria eternamente felizes, e os nossos braços, curtos demais para segurá-lo.

O pôr do sol é triste porque nos conta que somos como ele: infinitamente belos em nossas cores, infinitamente nostálgicos em nosso adeus. A tristeza é o espaço entre o belo e o efêmero, de onde nasce a poesia.

Brinco com a minha tristeza como quem cuida de uma amiga fiel...

Odeio a ideia de morte repentina, embora todos achem que é a melhor. Discordo. Tremo ao pensar que o jaguar negro possa estar à espreita na próxima esquina. Não quero que seja súbita. Quero tempo para escrever o meu haicai. O último haicai é isto: o esforço supremo para dizer a beleza simples da vida que se vai.

O calendário anuncia: o tempo passa. E, com ele, eu passo. Sinto uma terrível tristeza, uma vontade de não partir. Promessas de imortalidade da alma não me consolam. Meu corpo precisa dos cheiros, das cores, dos gostos, dos sons, das carícias... Sou um ser deste mundo. Quero voltar...

Sugestão litúrgica para o dia de hoje: plantar uma árvore, em qualquer lugar. Árvore de crescimento lento. Sinal de esperança. Disse Martin Buber que "o homem que primeiro plantou uma árvore a cuja sombra nunca se assentaria foi o primeiro a esperar o Messias". Você não se assentará à sua sombra. Mas você ficará feliz sabendo que outros se assentarão e o bendirão por haver plantado aquela árvore.

Fotografia: Rennato Testa

RUBEM ALVES

Nasceu em Boa Esperança, pequena cidade no sul de Minas Gerais, no dia 15 de setembro de 1933. Educado em família protestante, deu início a sua trajetória profissional e intelectual com o estudo da Teologia. Serviu como pastor numa comunidade presbiteriana de Lavras, também em Minas e, em 1963, foi para os Estados Unidos, onde se tornou mestre em Teologia e doutor em Filosofia.

> *Eu achava que religião não era para garantir o céu, depois da morte, mas para tornar este mundo melhor, enquanto estamos vivos. Claro que minhas ideias foram recebidas com desconfiança...*

De volta ao Brasil em 1968, deixou a Igreja presbiteriana e foi para o interior do estado de São Paulo. Passou a dar aulas na Faculdade de Filosofia, Ciências e Letras de Rio Claro até 1974, quando se mudou para Campinas. Foi professor da Unicamp por muitos anos, onde se aposentou. Antes, na década de 1980, formou-se psicanalista pela Sociedade Paulista de Psicanálise.

> *Eu penso a educação ao contrário. Não começo com os saberes. Começo com a criança. Não julgo as crianças em função dos saberes. Julgo os saberes em função das crianças.*

Começou a escrever literatura quando já estava com mais de 30 anos. Inicialmente, estórias infantis; a seguir, crônicas. Dizia-se um autor de "instantâneos", proporcionando a seus leitores quadros rápidos de beleza impressionista: a luz de um instante, a explosão de um ipê florido, a sensação da água fria da bica...

> *Golpes duros na vida me fizeram descobrir a literatura e a poesia Ciência dá saberes à cabeça e poderes para o corpo. Literatura e*

poesia dão pão para o corpo e alegria para a alma. Ciência é fogo e panela: coisas indispensáveis na cozinha. Mas poesia é o frango com quiabo, deleite para quem gosta...

Viveu em Campinas até 19 de julho de 2014, quando ficou encantado.

As alegrias chegam de forma inesperada. Uma delas foi uma coisa que uma professora me contou. Um inspetor visitava a sua escola. Entrou numa sala de aula e viu trabalhos das crianças relativos a alguns dos livros infantis que escrevi. Para testá-las, ele perguntou: "Quem é Rubem Alves?". Um menininho respondeu: "É um homem que gosta de ipês-amarelos". Fiquei comovido. Foi a mais bela e concisa descrição de mim mesmo que já tive.

Instituto Rubem Alves

Fundado em 2012 pelo escritor e educador Rubem Azevedo Alves e sua família, o Instituto Rubem Alves é uma associação aberta, sem fins econômicos e de interesse público, com a missão de comunicar, educar, resgatar valores e provocar a reflexão. Tem por objetivo capacitar e promover a educação para a cidadania como estratégia de transformação social, por meio de programas inovadores e alternativos.

Amante da beleza e da poesia da vida, Rubem Alves inspira lirismo e sabedoria em vasta obra que renova a força da alma humana, tocando e encantando gerações inteiras. Com mais de 130 títulos publicados e distribuídos em 13 países, sua sensibilidade ilumina o cotidiano de quem se identifica com suas ideias e desafia a inteligência daqueles que ainda não puderam sentir o sabor deliciosamente leve de suas palavras.

Pela exposição permanente de seu acervo, o Instituto Rubem Alves busca semear o patrimônio intelectual e cultural do autor, além de incentivar e apoiar estudos e pesquisas sobre sua vida e obra. O espaço reúne documentos, fotografias, livros e objetos relacionados. Também estão expostos prêmios e títulos recebidos por Rubem Alves, documentando sua trajetória.

Para saber mais, acesse: www.institutorubemalves.org.br

Projeto gráfico	Fernando Cornacchia
Revisão	Ana Carolina Freitas
	Edimara Lisboa
	Isabel Petronilha Costa
Impressão	RR Donnelley

Dados Internacionais de Catalogação na Publicação (CIP)
(Câmara Brasileira do Livro, SP, Brasil)

Alves, Rubem
  Carpe diem: As anotações essenciais de Rubem Alves. – Campinas, SP: Papirus, 2014.

  ISBN 978-85-449-0013-0

  1. Aforismos e apotegmas – Coletâneas I. Título.

14-11667   CDD-808.882

Índice para catálogo sistemático:
1. Aforismos: Coletâneas: Literatura   808.882

1ª Edição – 2014

A grafia deste livro está atualizada segundo o Acordo Ortográfico da Língua Portuguesa adotado no Brasil a partir de 2009.

Proibida a reprodução total ou parcial da obra de acordo com a lei 9.610/98.
Editora afiliada à Associação Brasileira dos Direitos Reprográficos (ABDR).

DIREITOS RESERVADOS PARA A LÍNGUA PORTUGUESA:
© M.R. Cornacchia Livraria e Editora Ltda. – Papirus Editora
R. Dr. Gabriel Penteado, 253 – CEP 13041-305 – Vila João Jorge
Fone/fax: (19) 3790-1300 – Campinas – São Paulo – Brasil
E-mail: editora@papirus.com.br – www.papirus.com.br